山頭火、飄々

流転の句と書の世界

村上 護 著

目次

凡例

一、漢字は原則として新漢字に統一した。

一、書の釈文、日記などの引用文は原則として原文どおりの歴史的仮名遣いを採用し、句読点も出来る限り原文のままとした。

一、右ページの書で濁点の欠落しているものは、読書の便を計り釈文にそれを補うこととした。

一、左ページに収めた関連図版のキャプションは、原則として編集部作成によるものである。

一、各章冒頭の山頭火年譜、ならびに巻末収録の山頭火行脚地図は、村上護作成資料に基づくものである。

序

誕生（明治15年12月3日）～
出家得度・堂守時代（大正15年4月／43歳）

種田山頭火は放浪行乞の俳人として知られている。行《ぎょう》乞《こつ》とは「乞食《こつじき》を行《ぎょう》ずる」をつづめた語、生業というのは当らないが、糧を得る手段にはなっていた。そんな男が日本各地を旅して、多く俳句を遺している。

西行や宗祇《そうぎ》、芭蕉、一茶ら漂泊の詩人は多く、連綿と系譜を成している。それに連なる身近な俳人としてマスコミが注目し、ここ三十年の間に幾度か山頭火ブームなるものがやってきた。

なぜ山頭火のようなアウトローに世間が目を向けるようになったのか。無名、無欲、放浪など思いつくキーワードはあるが、人口に膾炙《かいしゃ》する句によって山頭火の名が定着していった経緯がある。数句を挙げてみよう。

分け入つても分け入つても青い山　山頭火
うしろすがたのしぐれてゆくか　〃
あるけばかつこういそげばかつこう　〃

山頭火のポピュラーな句はもっとあろうかと思うが、後に詳しく書きたい。ここでは山頭火がすべてを捨て、行乞放浪に出るまでの半生を概観しておこう。

山頭火が生まれた種田家は、防府《ほうふ》天満宮の近くに所在した大地主。土佐から約二百七十年前、周防《すほう》に移り住んだ元郷士との伝聞もある。

地元では大種田といわれ、近所には有力な分家筋もあったが、山頭火は本家の嫡男。行く行くは七代目となるべき生まれであった。本名は正一（以下は山頭火を通称とする）。当時、父の竹治郎は二十六歳、母フサは二十二歳であった。家族構成は山頭火と父母のほか姉と妹、弟、それに祖母の七人である。

父は山頭火が小学校に上がった年、町村合併で新しくなった村の助役に就任。世間的には何の不満もない幸せな家族であった。それが突然、奈落の底へ落ちるかの大事件が起きる。山頭火の母は自宅の井戸で入水自殺。後年の日記では「私一家の不幸は母の自殺から初まる」と書いているが、まったくそのとおりだと思う。山頭火が十歳のときだ。

母を亡くした少年は、心に傷を持ちながらも、学業成績は優秀だった。地元の旧制中学（三年制）は首席で卒業し、山口県内随一の名門山口中学に転編入。そこを卒業すると、上京して早稲田大学の前身である東京専門学校高等予科に入学している。

早稲田大学の開学は明治三十五年（一九〇二）。山頭火は東京専門学校を経て、第一回生として早稲田大学大学部文学科に入学している。同級生には小川未明や吉江喬松《よしえたかまつ》らがいて文学論議で競い合った。残念ながら山頭火は志半ばで中途退学し、故郷に帰り実業につく。

大種田の家産は傾き、防府の家屋敷を売った金で隣村の大道村にあった古酒造場を買い営業。明治四十年のころである。山頭火はやがて結婚もし、男の子も生まれて家庭を顧みるところもあった。

一方、文学にも熱心で、郷土文芸誌にツルゲーネフなどの翻訳を発表。また自由律俳句の提唱者である荻原井泉水《おぎわらせいせんすい》に会った大正三年以後は自由律俳句に邁進し、井泉水主宰の「層雲」で頭角を現してゆく。

大正五年には種田酒造場が倒産。破産して、山頭火は妻子を連れ熊本へと落ちのびる。頼ったのが文学仲間で、彼らの支援もあって熊本市内に古書店を開業した。やがて店の切り盛りは妻が宰領し、山頭火は文学の方面にのめり込んでゆく。傾向としてはデカダン指向で、だんだん家庭を顧みなくなる。

山頭火にとって大きなショックは、大正七年に弟が縊死《いし》したことであった。以後は無軌道な酒を飲み、文学仲間にも多大な迷惑をかける。それが許されたのは山頭火の文才を周囲が見込んでのことで、彼もみずからに頼むところは文才だけだった。ならば上京して文学で立身するほかない。山頭火はそう決心し、妻子は熊本に置いたまま大正八年に単身上京する。

東京では文学の芽も出ず、妻からは離縁されて落魄の一途をたどる。一時は東京市立一ツ橋図書館に勤めるが、神経衰弱にかかって退職。大正十二年九月一日の関東大震災では罹災し、社会主義者の嫌疑で巣鴨刑務所に留置もされた。解放されると東京から熊本へと帰り浪々の生活。そんな或る日、酔っぱらって市内電車の前に立ちはだかる。正体不明の彼を禅寺へと投げ込む人がいて、それが機縁で禅門に入った。それ以後のことは、山頭火の一代句集『草木塔』の巻頭第一句として載せている長い前書つきの俳句を引用すれば、大方の事情は分るだろう。

大正十四年二月、いよいよ出家得度して肥後の片田舎なる味取《みどり》観音堂守となつたが、それはまことに山林独住の、しづかといへばしづかな、さびしいと思へばさびしい生活であつた。

松はみな枝垂れて南無観世音　　山頭火

明治十五年（一八八二）
十二月三日、山口県佐波《さば》郡西佐波令《にしさばりょう》村第百三十六番屋敷（現在は防府市八王子二丁目十三）に生まれる。
父・竹治郎（二十六歳）、母・フサ（二十二歳）の長男、正一と名づけられた。
明治二十二年（一八八九）　七歳
四月、佐波村立松崎尋常高等小学校に入学。
明治二十五年（一八九二）　十歳
三月六日、母・フサが自宅の井戸に投身自殺。引きあげられた死体を見て強い衝撃を受ける。
明治二十九年（一八九六）　十四歳
四月、三年制中学（旧制）の私立周陽学舎に入学。文芸回覧雑誌を始め、俳句もつくった。
明治三十二年（一八九九）　十七歳
七月、周陽学校（と改称）を首席で卒業、九月に県立山口尋常中学に編入。山口市内に下宿。
明治三十四年（一九〇一）　十九歳
三月に中学を卒業、七月に上京して私立東京専門学校（早稲田大学の前身）に入学。
明治三十五年（一九〇二）　二十歳
九月、早稲田大学大学部文学科に入学。
明治三十七年（一九〇四）　二十二歳
二月、神経衰弱のため早稲田大学を退学。七月、病気療養のため帰郷。
明治四十年（一九〇七）　二十五歳
先祖代々の家屋敷を売り、隣村大道村の酒造場を買収して種田酒造場を開業。
明治四十二年（一九〇九）　二十七歳
八月二十日、七歳年下で佐波郡和田村の佐藤サキノと見合い結婚。翌年八月三日、長男・健生まれる。
明治四十四年（一九一一）　二十九歳
山頭火のペンネームを使い、ツルゲーネフの小説などを翻訳し、発表。田螺公《でんらこう》の俳号で定型俳句をつくる。
大正二年（一九一三）　三十一歳
荻原井泉水に師事し、その主宰誌「層雲」に山頭火の俳号で自由律俳句をつくり始める。
大正三年（一九一四）　三十二歳

十月、田布施《たぶせ》、防府などに井泉水を迎えて初対面の句会。防府俳壇の中心的存在となる。

大正四年（一九一五）　三十三歳

五月、広島で開かれた中国連合句会に参加。年末、酒蔵の酒が腐敗し経営危機に陥る。

大正五年（一九一六）　三十四歳

四月、種田家は破産し、一家離散。妻子を連れ、熊本市に落ちのびる。市内下通町で古書店（のち、額縁店）「雅楽多《がらくた》」を開業。

大正七年（一九一八）　三十六歳

六月十八日、弟の二郎が岩国の愛宕山中で自殺。

大正八年（一九一九）　三十七歳

十月、文学立身の夢を捨てきれず単身上京し、セメント試験所などで現場作業員として働く。

大正九年（一九二〇）　三十八歳

十一月十一日、妻サキノと離婚。間もなく東京市事務員となり一ツ橋図書館に勤務。

大正十一年（一九二二）　四十歳

十二月、神経衰弱が再発し、図書館勤めを辞する。

大正十二年（一九二三）　四十一歳

九月一日、関東大震災の未曾有の混乱のなかで、山頭火も焼け出されて避難中、社会主義者と疑われて憲兵に拉致される。巣鴨刑務所に拘置されたが、厳しい尋問ののち、釈放。東京での生活をあきらめ、熊本へ帰る。

十月、熊本市郊外川湊の蔵二階に仮寓し、額縁などの行商を営む。

大正十三年（一九二四）　四十二歳

上京し、震災で瓦礫と化した東京を見て、都会での生活を断念。熊本でサキノの営む「雅楽多」に出入りするが、不如意であるのは変わらない。十二月、泥酔し、熊本市公会堂前で電車の前に立ちはだかる。電車の停止で大騒ぎとなるが、市内東坪井町の曹洞宗報恩寺に連行され、これを機に禅門に入る。

大正十四年（一九二五）　四十三歳

二月、報恩寺住職望月《もちづき》義庵《ぎあん》を導師として出家得度。法名・耕畝《こうほ》と名づけられる。

三月五日、熊本県鹿本郡植木町味取の観音堂（曹洞宗瑞泉寺）堂守となる。

（この年の八月、異色の自由律俳人尾崎放哉《おざきほうさい》も小豆島番外札所の西光寺奥の院南郷庵《みなんごうあん》に入る。）

I

――味取観音堂出立（大正15年4月）～結庵以前（昭和7年9月／49歳）

山頭火のいよいよ放浪行乞のはじまりである。それを象徴するかの第一声は、次のような前書つきの俳句で自らが表出している。

大正十五年四月、解くすべもない惑ひを背負うて、行乞流転の旅に出た。

分け入つても分け入つても青い山　　山頭火

当初における旅の一つの目的は、小豆島の南郷庵に遁世している句友の尾崎放哉を訪ねて会うことだった。が、その死を知って予定を変更せざるを得なかった。熊本を出立した山頭火は九州山地を越えて宮崎に出て、大分から福岡へと大回りして八月には句友の木村緑平を訪ねている。このとき緑平は故郷の浜武（柳川市）で医院を開業していたが、終生山頭火を支援した無二の親友である。

もう一人の親友は中学時代の同級生で、長く俳句仲間でもあった徳山在住の久保白船。緑平に続き白船を訪ねて、堅い友情を確かめ合っている。そうして決意どおりに行乞流転の旅に生きるわけだが、消息は山頭火の前書つきの俳句で示すのがよかろう。

昭和二年三年、或は山陽道、或は山陰道、或は四国九州をあてもなくさまよふ。

踏みわける萩よすすきよ　　山頭火

昭和四年も五年もまた歩きつづけるより外なかつた。あなたこなたと九州地方を流浪したことである。

わかれきてつくつくぼうし　　山頭火

昭和五年には熊本に帰り、別れた妻が営む額縁店の手伝いなどしていたが長続きしなかった。酒で失敗し一種の逃避行的な旅に出て、また数か月の放浪。昭和六年には熊本市内に貸部屋を借り、個人誌「三八九《さんぱく》」を発行して自活していこうとした。これも三集まで出したところで行き詰まり、再度の放浪である。

昭和六年、熊本に落ちつくべく努めたけれど、どうしても落ちつけなかつた。またもや旅から旅へ旅しつづけるばかりである。

自嘲

うしろすがたのしぐれてゆくか　　山頭火

年末になって旅に出てからはなまじっかの社会復帰は諦めたようで、行乞をしながら隠遁するにふさわしい草庵を結ぶことを望んでいる。はじめ山口県の川棚温泉に庵を結ぼうとして失敗。その経緯はやはり俳句で示しておこう。

川棚温泉

花いばら、ここの土にならうよ　　山頭火

川棚を去る

けふはおわかれの糸瓜がぶらり　　山頭火

大正十五年(一九二六)　四十四歳

四月十日、山林独住の淋しさに耐えかねて観音堂を去り、一鉢一笠《いっぱついちりゅう》の旅へ。(同月、放哉は南郷庵にて没。)六月、熊本を発して、九州山間を馬見原《まみはら》、高千穂と分け入り、宮崎、大分へと行乞。八月、柳川に、開業医で句友の木村緑平を訪ね、徳山で商店を営む句友久保白船を訪問。この年、山陽地方を行乞。

昭和二年(一九二七)　四十五歳

一月、広島県内海町にて新年を迎える。九月、山陰行乞の途次、鳥取県用瀬《もちがせ》町の森田千水《もりたせんすい》を訪ねる。

昭和三年(一九二八)　四十六歳

一月、徳島で新年を迎え、四国八十八ヵ所の札所巡拝。順打ちで高知へ。二月二十七日、足摺岬の第三十八番札所金剛福寺拝登。七月、小豆島に渡り放哉墓参。八、九月は岡山県吉備高原、十月以降は山陰地方行乞。

昭和四年(一九二九)　四十七歳

一月、広島にて新年を迎え山陽地方行乞。二月、北九州地方を行乞、下関に弁護士の兼崎地橙孫《かねざきちとうそん》を、糸田で炭坑医となった緑平を、飯塚に息子・健を訪ね、三月には熊本に帰り八月まで「雅楽多」に寄宿。九月、再び旅に出て、十一月四日には阿蘇に遊ぶ井泉水と会う。十一月十三日、九州観音巡礼の第一番札所英彦山《ひこさん》登拝。順打ちで大分の札所を巡り、暮れ近く熊本に帰着。

昭和五年(一九三〇)　四十八歳

一月、「雅楽多」店で、句友と頻繁に交際。四月、長男・健、秋田鉱山専門学校に入学。九月、また酒で失敗し、乞食坊主以外のものにはなりきれないと旅に出た。これ以後に記した行乞日記は現存する。足跡は八代《やつしろ》、人吉《ひとよし》、都城《みやこのじょう》、宮崎、延岡、竹田、湯布院《ゆふいん》、八幡、門司、下関、福岡とたどることができる。十二月、福岡市内の観音札所を巡る。そこより熊本までの途次、第十五番から十九番まで巡拝。熊本市内で二階の一室を間借りして「三八九居」と名づけて住む。

昭和六年(一九三一)　四十九歳

二月、ガリ版刷り個人誌「三八九」第一集を発行。三月までに第三集まで出すが、やがて行き詰まる。十二月末、自ら自嘲と名づける一鉢一笠の旅に出る。太宰府天満宮参拝。

昭和七年(一九三二)　四十九歳

一月、福岡市西区東油山の観音巡礼第三十番札所巡り。さらに佐賀、長崎と巡り、三月には佐世保の第二十七番清岩寺に拝登して、三十三の観音巡礼を結願成就《けちがんじょうじゅ》。五月、山口地方行乞、川棚温泉に庵を結ぼうとして八月まで滞在。結庵ならず。六月、折本の第一句集『鉢の子』刊行、以後に第七句集まで出る。

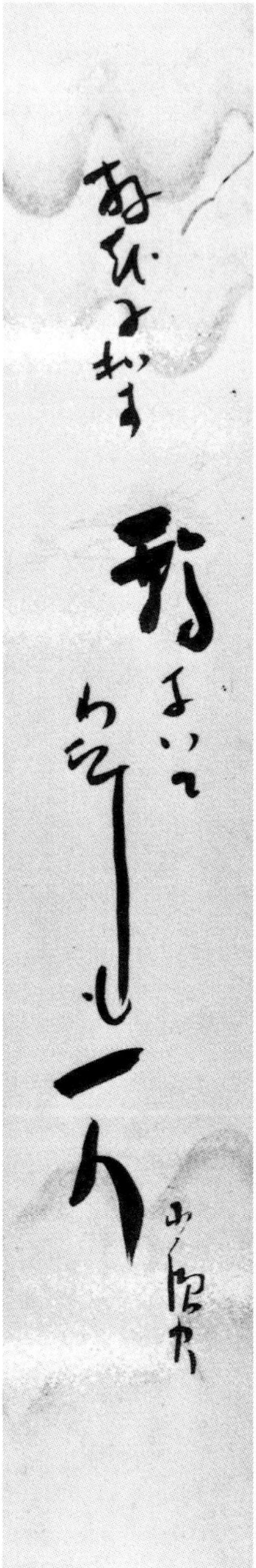

放哉に和す

鴉《からす》ないて
わたしも一人

山頭火

出家得度した山頭火が一年余り堂守を務めた曹洞宗瑞泉寺・味取観音堂

山頭火と放哉は境涯の似通いから互いに意中の人であった。生前ついに会うことはかなわなかったが、山頭火は熊本市郊外の味取観音堂で、放哉は小豆島の南郷庵において「層雲」に発表された俳句を読みながら風騒に駆られることもあった。

放哉は亡くなる五か月余り前に、山頭火に直接でなく、親友である木村緑平宛に「御面会の時ハ、よろしく申して下さい。手紙差し上げてもよいと思いますけれ共思ふに氏ハ『音信不通』の下ニ生活されてるのではないかと云ふ懸念がありますから、ソレデハかへつて困る事勿論故、ヤメて御きます」と手紙している。

山頭火の「放哉に和す」と前書した句は、放哉死後に作ったもの。唱和の二句を並べてみよう。

雪空一羽の烏《からす》となりて暮れる　　放哉
鴉ないてわたしも一人　　山頭火

書は五十八歳、最晩年の松山・一草庵時代に揮毫したものである。

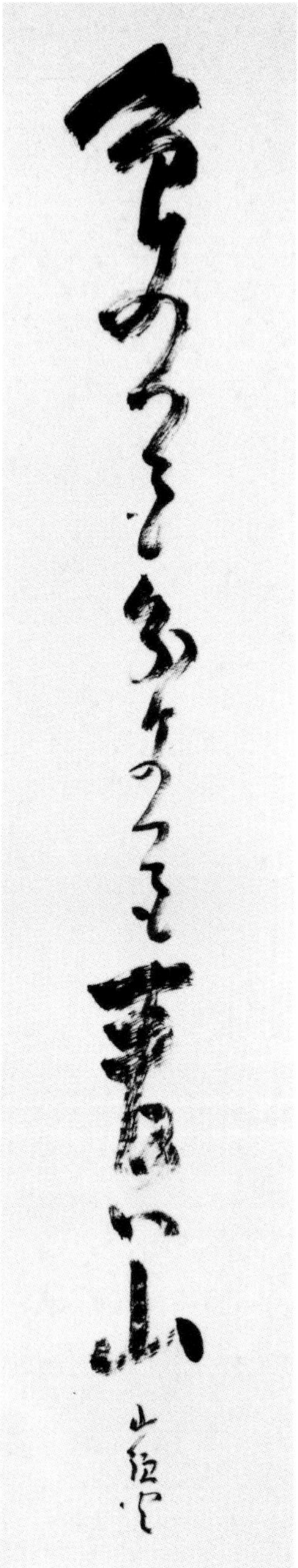

分け入つても分け入つても青い山　山頭火

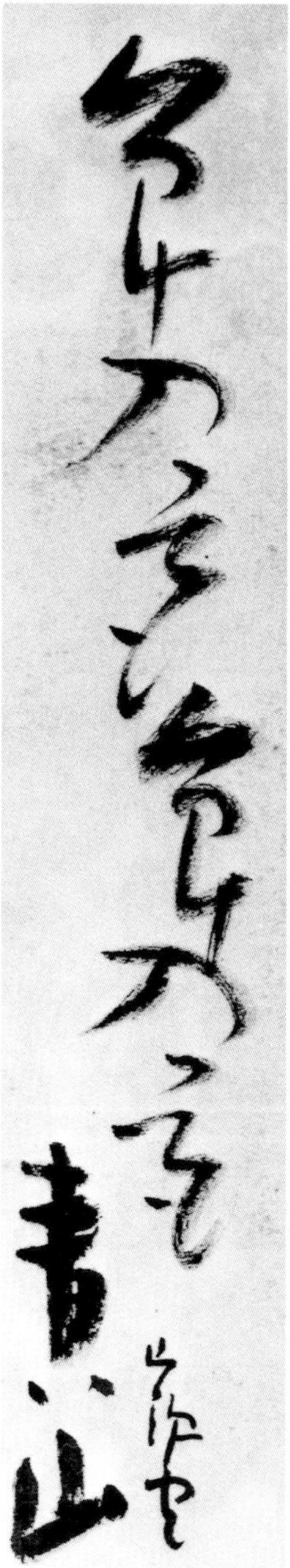

分け入つても分け入つても青い山　山頭火

宮崎県高千穂峡

この句には前書がある。「大正十五年四月、解くすべもない惑ひを背負うて、行乞流転の旅に出た。」と。一年余り前に出家得度して、観音堂の堂守として収まっていた。けれど安住の地とはならず、そこより一所不在の当て所ない放浪の旅に出たのである。

九州の山地に踏み入り、宮崎県北部の高千穂あたりで詠んだもの。近景も遠景も山また山で、碧は幾重にも連なって見える。「遠山無限碧層々」の禅語も思い出される光景で、心の惑いも限りなく続き解くすべもない。

眼前の景と心象の風景が一つとなって、身にそくそくと迫るものがある。それでも山中へと歩き続ける、うしろ姿の山頭火を髣髴《ほうふつ》させる。

書は掲載の二点とも松山・一草庵時代に揮毫したもの。前者は控え目ながら力強く、後者は躍動して一気呵成に分け入ってゆく一途さがある。揮毫を頼まれると、よく筆にした得意の一句だ。

炎天をいたゞいて乞ひあるく　山頭火

市中行乞する山頭火のいでたち（昭和7年1月）

お釈迦さまは仏道修行において「常に乞食を行ずべし」と、その重要さを説いている。乞食を行ずることを、つづめて行乞ともいう。〈乞ひあるく〉となれば、どうも物貰いの様相で修行の意味は薄れている。

　真夏の太陽が照りつける炎昼は、ただ立っているだけでも厳しい。行乞ともなると勝手は一切言えない身だ。〈炎天をいたゞいて〉の表現には敬虔さは読み取れるが、〈乞ひあるく〉になると下心がほの見える。今夜の宿代と、望めるなら酒代を少々貰うため仕方なく乞い歩いているのだ。

　山頭火は灼熱の太陽より月を、そして涼しげな星を好んだ。行乞時代の句に次のようなのがある。

　けさもよい日の星一つ　　山頭火

　書は其中庵《ごちゅうあん》時代のもので、文字に気力がまだ漲っていない。

ほろ〳〵酔うて
木の葉ふる

山頭火

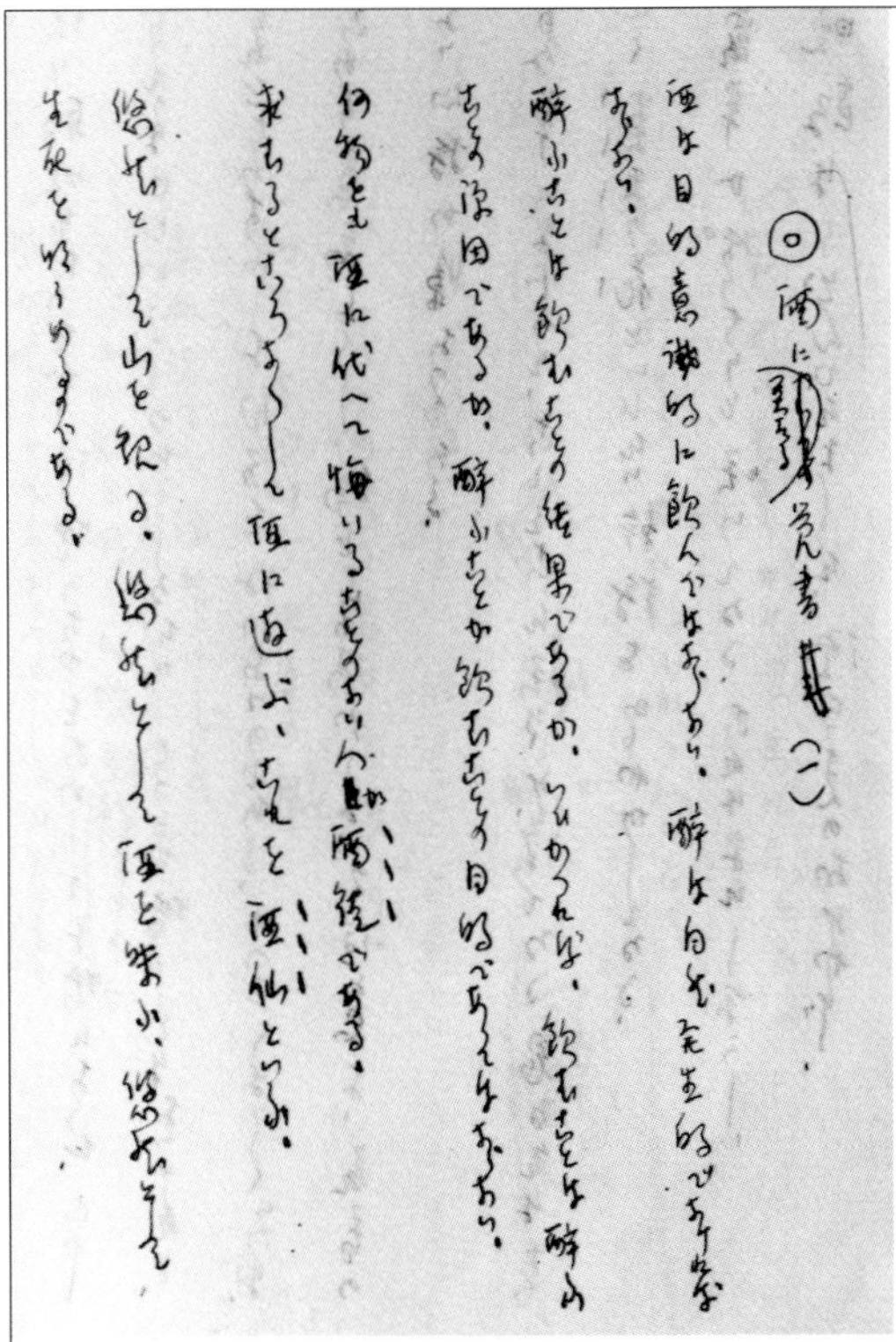

◎酒に関する覚書（一）

酒は目的意識的に飲んではならない、酔は自然発生的でなければならない、
酔ふことは飲むことの結果であるが、いひかへれば、飲むことは酔ふことの源因《マヽ》であるが、酔ふことが飲むことの目的であつてはならない、
何物をも酒に代へて悔いることのない人が酒徒である、
求むるところなくして酒に遊ぶ、これを酒仙といふ、
悠然として山を観る、悠然として酒を味ふ、悠然として生死を明らめるのである、

（「其中日記」昭和8年7月20日）

山頭火は有季定型の規制から外れた俳人だが、〈木の葉ふる〉は冬の季語。初五は省略して七・五の軽やかなリズムは、考えようでは俳諧の伝統から逸れたものとは思えない。愛唱すれば日本語のよさを発揮する一句である。

彼は日記の一節にこんなふうに書く。

「酔中漫言――
一杯東西なし
二杯古今なし
三杯自他なし
酒がきた、樹明君を招く、それから、ほろ〳〵とろ〳〵どろ〳〵ぼろ〳〵ごろ〳〵」

酒を飲んで〈ほろ〳〵〉は、彼にあっては酔いはじめで上気分の時だ。ほろ酔い気分が木の葉の降る時の推移と、うまく調和しているのが掲出句である。

書は昭和十一年四月、鎌倉の「層雲」句友の家で揮毫。筆を選ばず有り合わせで強引な書きぶりだが、山頭火らしいリズムは窺える。

へう〳〵として
水を味ふ
山頭火

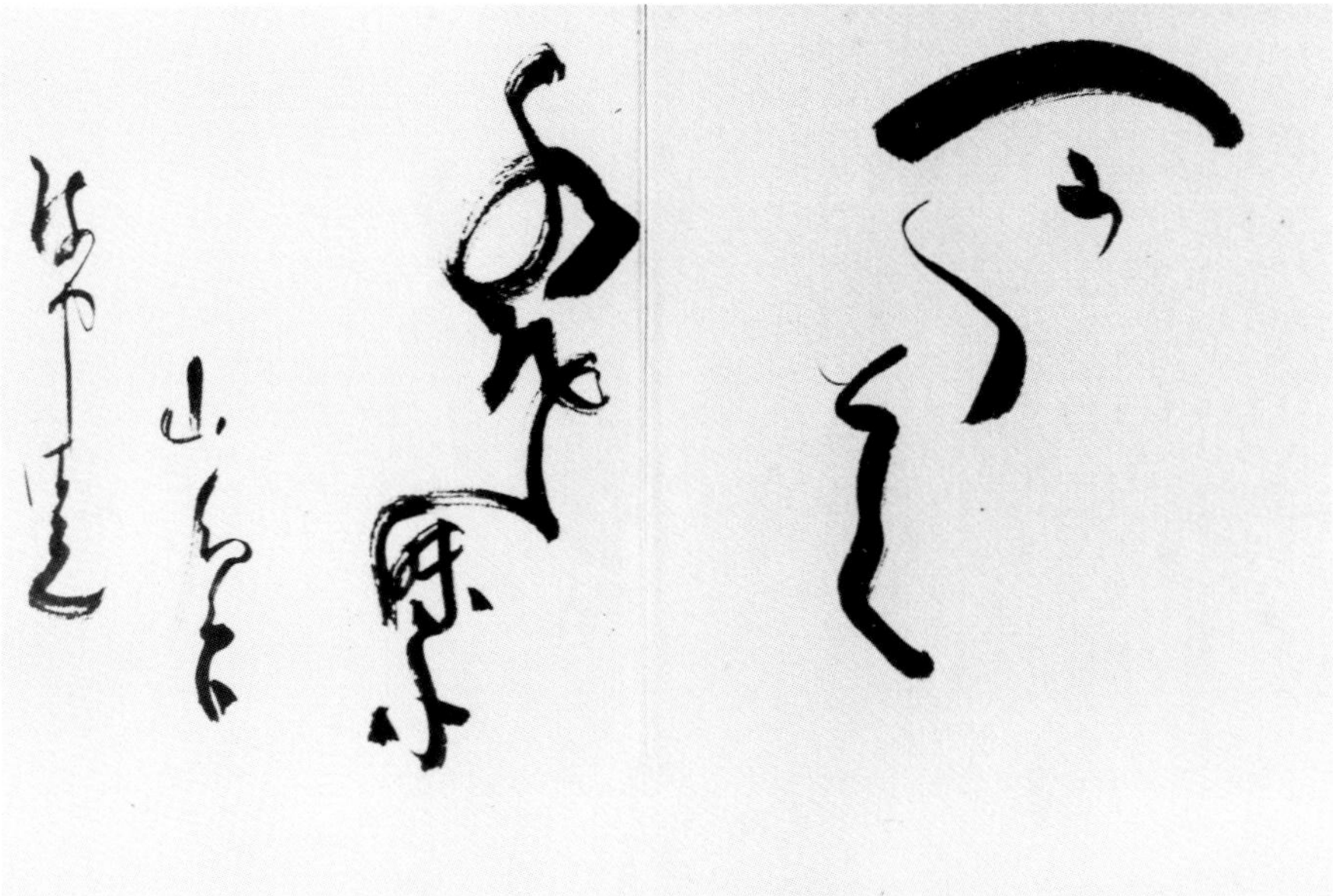

へう〳〵として水を味ふ　山頭火

俳誌「層雲」の昭和三年十一月号に九句掲載されたうちの一句である。ほかの数句も掲出したいが、後年の自選句集では「昭和二年三年、或は山陽道、或は山陰道、或は四国九州をあてもなくさまよふ」といった前書も付いている。

　踏みわける萩よすすきよ
この旅、果もない旅のつくつくぼうし
笠にとんぼをとまらせてあるく

いずれにしても急ぐ旅ではない。〈へう〳〵〉は漢字を当てれば飄々である。世間ばなれして変幻自在、つかまえどころのない意だ。山頭火みずからは〈あてもなくさまよふ〉といい、これが〈へう〳〵〉の実体か。

　そんな旅の日々にあって、酒に酔うこともあったが、ほんとにうまいと味わったのは湧き水の清水だったのだろう。

　岩かげまさしく水が湧いてゐる　　山頭火

　前頁の書は死ぬ数日前に揮毫したもので澄んだ心境を映した傑作。上段の書は昭和十三年ごろ、飯尾青城子居で画帖に書いたものである。

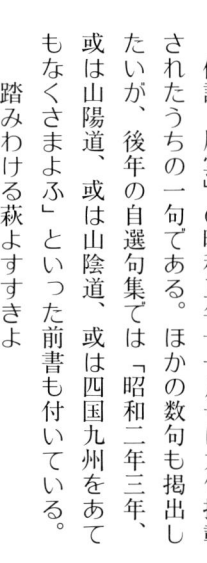

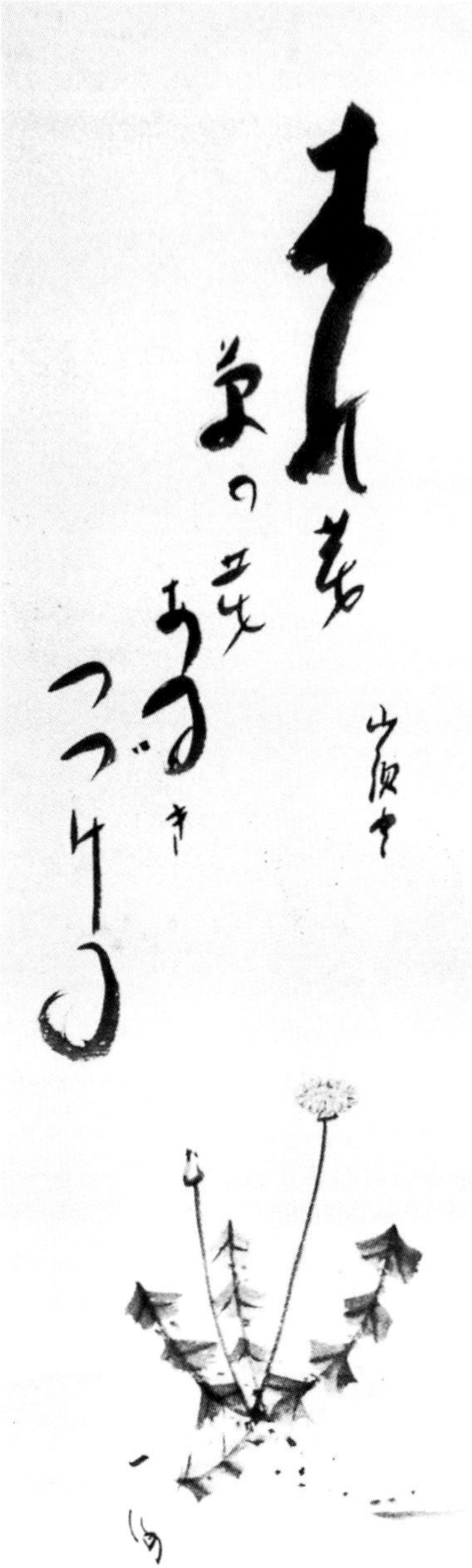

木《こ》の芽
草の芽
あるき
つづける

山頭火

行乞途上の山頭火（昭和8年5月・下関市長府三島にて、近木圭之介撮影）

春に萌え出る木の芽や草の芽は美しい。また生まれる生命の力を感じさせる。ものの芽と総称することもあるが、遅速があって一斉に芽立つことはない。春の移ろいの中を山頭火は歩いて行く。

ただ漫然と歩いているのではない。彼の「行乞記」（昭和五年十一月九日）には次のように書いている。

「法眼の所謂『歩々到着』だ、前歩を忘れ後歩を思はない一歩々々だ。一歩々々には古今なく東西なく、一歩即一切だ、こゝまで来て徒歩禅の意義が解る。」

山頭火の歩くには禅的な意味がある。

書は昭和十五年、晩年に松山で書いたもの。

絵は一草庵時代を支えた松山商科大学教授の高橋一洵の筆。

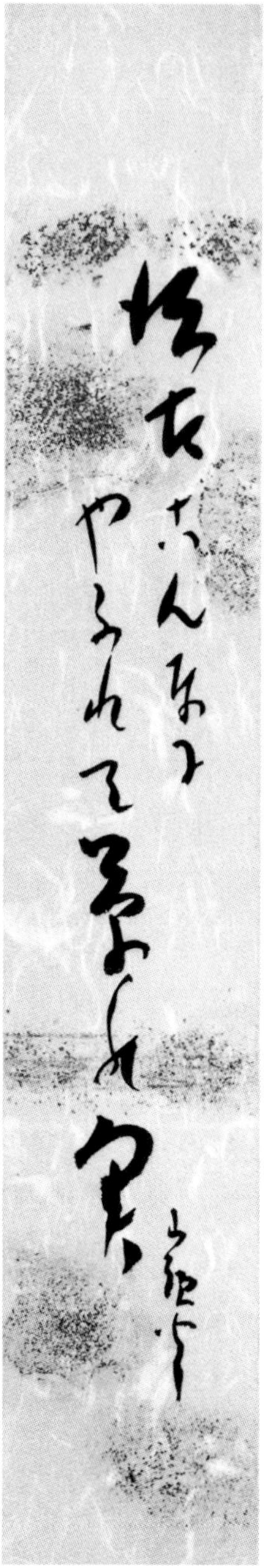

法衣《ころも》こんなに
やぶれて草の実
山頭火

山頭火遺品の法衣

昭和四年十二月二十七日、大分県の竹田での作。法衣の読みは山頭火がコロモとふりがなをつけて指示している。大正十五年以来ずっと着用していたから破れてしまったのだろう。草の実は牛膝《いのこずち》の実で、苞《ほう》にとげあって衣について離れないのだ。

法衣は脱俗を表象するものだが、破れてしまってては恰好がつかない。ましてや草の実にまで取り付かれて、しがらみを振り切るのに困惑している様子。そのころ師の荻原井泉水に出したはがきがある。

「黙々として山また山を越える、——孤独の寂しさと安けさとを感じすぎるほど感じます、かうして歩きつゞけて、どうなるのか、どうしようといふのか、どうすればよいのか」

山頭火には次のような一句もある。

　　どうしようもないわたしが歩いてゐる

書は昭和十一年ごろのもので、短冊はだんだん書き慣れてうまくなっている。

分け入れば水音　山頭火

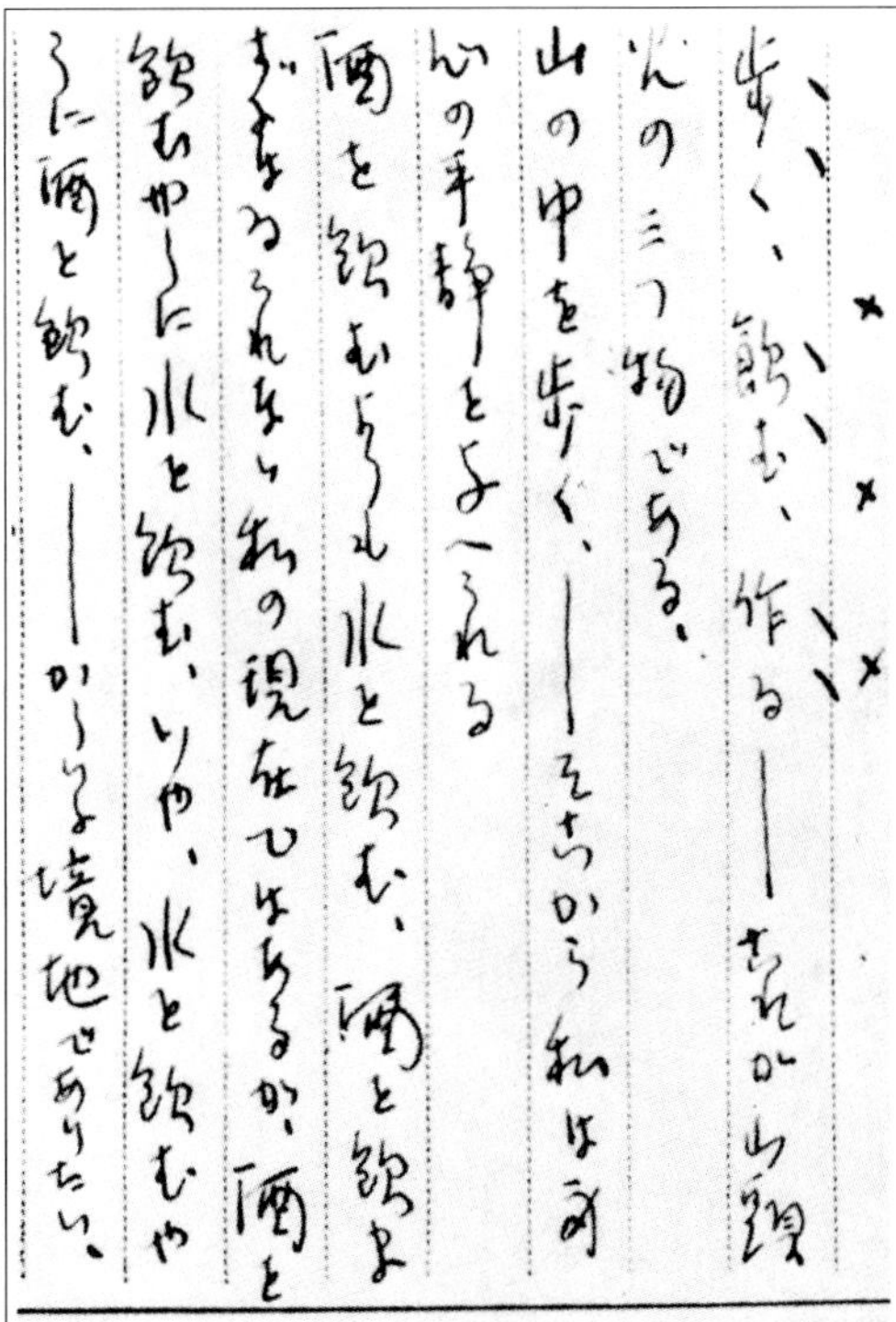

歩く、飲む、作る——これが山頭火の三つ物である、
山の中を歩く、——そこから私は身心の平静を与へられる
酒を飲むよりも水を飲む、酒を飲まずにはゐられない私の現在ではあるが、酒を飲むやうに水を飲む、いや、水を飲むやうに酒を飲む、——かういふ境地でありたい、
（「旅日記」昭和11年年頭所感）

俳誌「層雲」の昭和五年三月号に、「触処生《そくしょしょう》涯《がい》」と題して掲載した十七句のうちの一句である。触処とは眼や耳、鼻などによる外的感触と、それに対応関係の色や形、音声、香りなど内的認識の生じる拠点の意。山野を放浪する山頭火は、おのずから五感あるいは第六感をフルに働かさねばならない。そんな生き方を触処生涯と名づけたのだろう。

旅は熊本と大分の県境にある杖立温泉から、日田を経て英彦山へ拝登する途上での作。「層雲」主宰の荻原井泉水宛には「日田盆地からお山まで七里、きのふ暮れてつきました、三里の間はかなりの難路でありました、それだけ山のうつくしさも水のうまさも格別でありました」（昭和四年十一月十四日）とはがきを出している。

書は昭和十四年十月、松山に足を踏み入れた直後のもので、心機一転のリズムにあふれている。

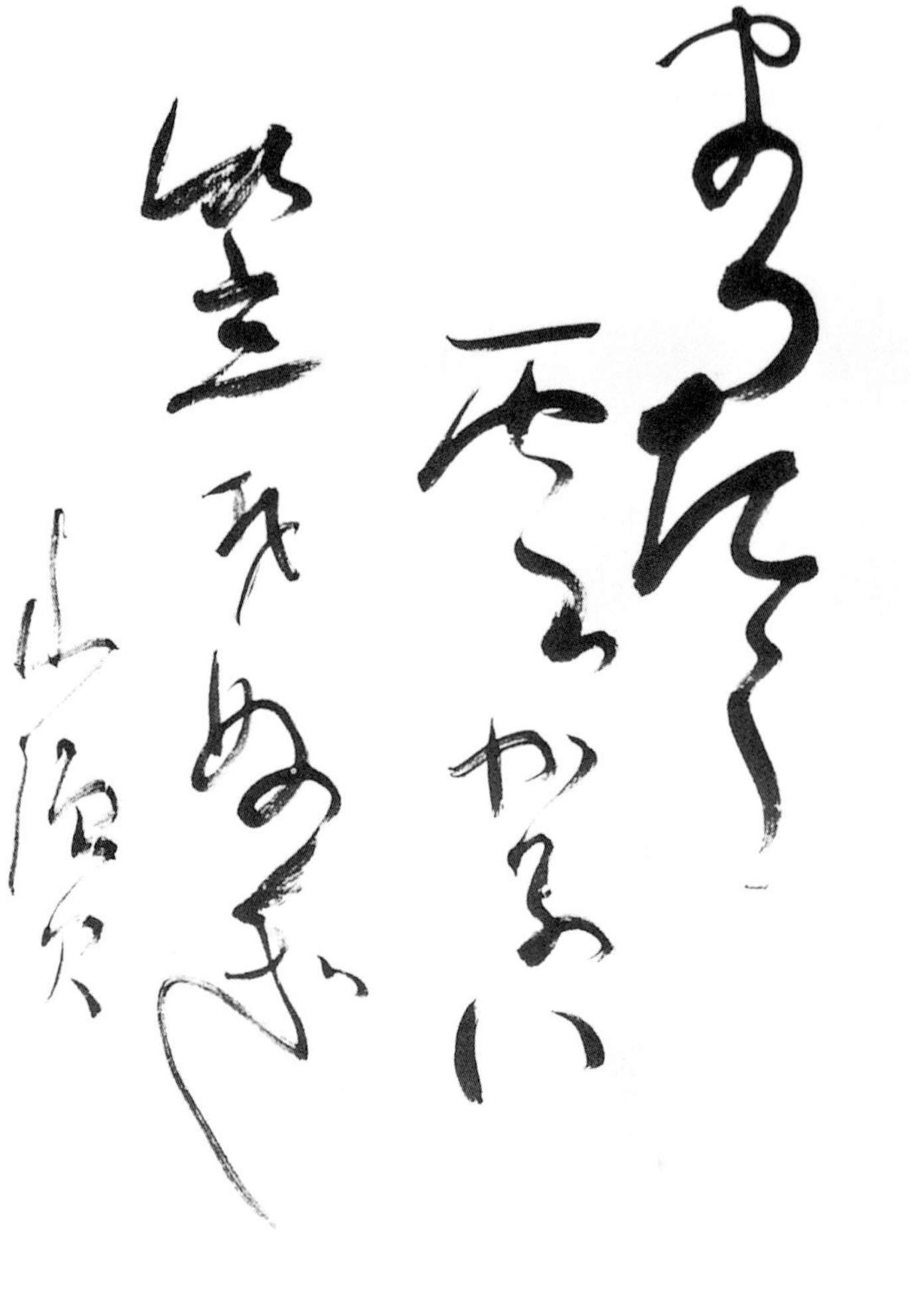

まつたく
雲がない
笠をぬぎ

山頭火

笠をぬぎ行脚姿の山頭火（昭和4年11月・阿蘇にて）

昭和五年十月二十六日、宮崎県中央部、宮崎平野北部の高鍋町から都濃町へ向かって歩く行乞途上の作。右手は日向灘で松並木がつづく。また見晴かす山なみの眺めもよかった。「行乞記」には「ほんとうに秋空一碧だ、万物のうつくしさはどうだ、秋、秋、秋のよさが身心に徹する」と書く。

笠は禅僧が行脚《あんぎゃ》のときに被る竹の網代《あじろ》で作ったもの。実用だけでなく神聖な呪具としても扱われるが、ここではそれほど重い意味はない。あまりの好天に、笠をぬいで広々とした空を眺めやったというのであろう。

折しも上空には飛行機が飛んでいる。早速できたのが次の二句であった。

秋空、一点の飛行機をゑがく

見あぐればまうへ飛行機の空

書も昭和五年と初期のもので書き慣れてはいないが、軽快な躍動感あふれるものだ。

しぐるゝや死なゝいでゐる　山頭火

孤独な行乞行脚の中にも各地の句友たちとの交遊はあった。写真は師荻原井泉水を九州に迎え集った門下俳人らとの阿蘇登山（右端が山頭火、昭和４年11月４日）。

しぐれは時雨と書き、初冬の頃しばらくぱらぱらと降って止む雨である。北風が強く吹き、連峰の山々にあたって雨を降らすが、その飛沫《しぶき》が山を越して降ってくる急雨で、降る範囲は狭い。一時をしのげば、すぐ晴れてくる。

山頭火の旅は解くすべもない惑いを背負うて、といったものだ。煩悩を振り捨てるため旅を続けたが、惑いは時雨のごとく急に襲ってくる。そんなときは自殺したくなったともいう。これに耐えるため、彼は「放下《ほうげ》、放下」と叫んでいる。

放下は禅宗で、身心ともに一切の執着を捨て去る意。彼は禅宗で出家得度した俳人である。しぐれは身心にまで及んだが、死なないすべも身につけていた。同時期のもう一句は、

しぐるるやしぐるる山へ歩み入る　山頭火

書も句作の年代と重なって昭和五年の揮毫。いわゆる徒歩禅に懸命の時期で清浄さが感じられる。

すべつて
ころんで
山が
ひつそり

山頭火

耶馬渓付近の山中

昭和四年十一月十五日、英彦山を拝登した後、山国川に沿って耶馬渓《やばけい》を下る途中での作。耶馬渓は奇岩、森林、渓流が調和した景勝地としてよく知られている。山頭火も知友にあてたはがきでは「ここから守実《もりざね》まで四里でありますが、一里ばかり下に山国川の源流、平鶴官林の谷があります、私の最も好きな景勝でありました、途中また溝部村からふりかへつて見る旧耶馬の山々も美観でありました」と書く。

あるいは景色のよさに見とれて歩行が乱れたか。すべってころんで尻餅をついてしまった。ここで一転、視覚の世界から聴覚の世界へと収束させて、〈山がひつそり〉と結んだところが山頭火俳句の真骨頂。

書も二句一章の骨法で展開しているのが見どころか。昭和九年、五十二歳のときに揮毫。

涸れきつた川をわたる　山頭火

涸れきつた川を渡る　山頭火

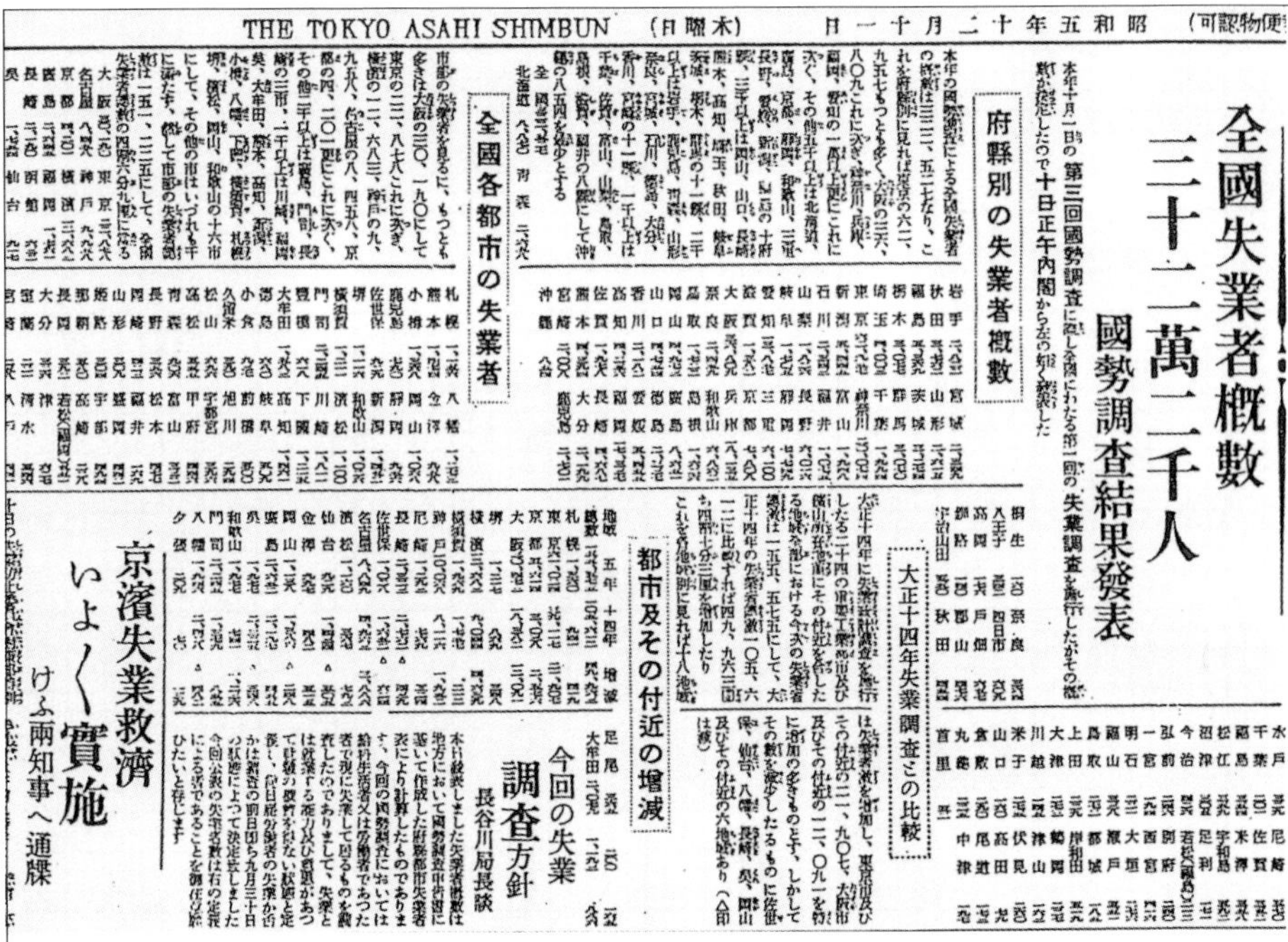

THE TOKYO ASAHI SHIMBUN （木曜日） 昭和五年十二月十一日 （便物認可）

全國失業者概數 三十二萬二千人
國勢調査結果發表

本年十月一日の第三回國勢調査に際し全國にわたる第一回の失業調査を執行したがその概數が決定したので十日正午内閣から左の如く發表した

府縣別の失業者概數

全國各都市の失業者

大正十四年失業調査との比較

都市及びその付近の増減

今回の失業調査方針
長谷川局長談

京濱失業救濟いよいよ實施
けふ両知事へ通牒

右の句ができたころ、世間では昭和恐慌によって失業者が激増していた。（東京朝日新聞、昭和５年12月11日付夕刊）

『草木塔』の決定稿は「涸れきつた川を渡る」だ。「川涸るる」「水涸るる」は冬の季語。情景は枯淡、簡素、閑寂をたっとぶ禅機と、山水の水墨画に触発されて成ったかの趣がある。

俳禅一如の世界といえば少々オーバーだが、捨身懸命、一途に山野跋渉《ばっしょう》をしていた時期の作である。余計なものは削ぎ落とし、俳句形式までも破壊するほど、機鋒に激しいものがあった。

文字への執着を捨てて、真実に入ることを説くのは仏教の伝統的な考えである。出家得度して常乞食の生活を実践している山頭火には、十七の字音にとらわれた俳句より精神の方が大事だったのだろう。

書はどちらも其中庵時代初期のもの。庵住による弛みも見えるが、後者の方には山頭火らしいリズムも見える。

けふは
けふのみちのたんぽゝさいた

山頭火

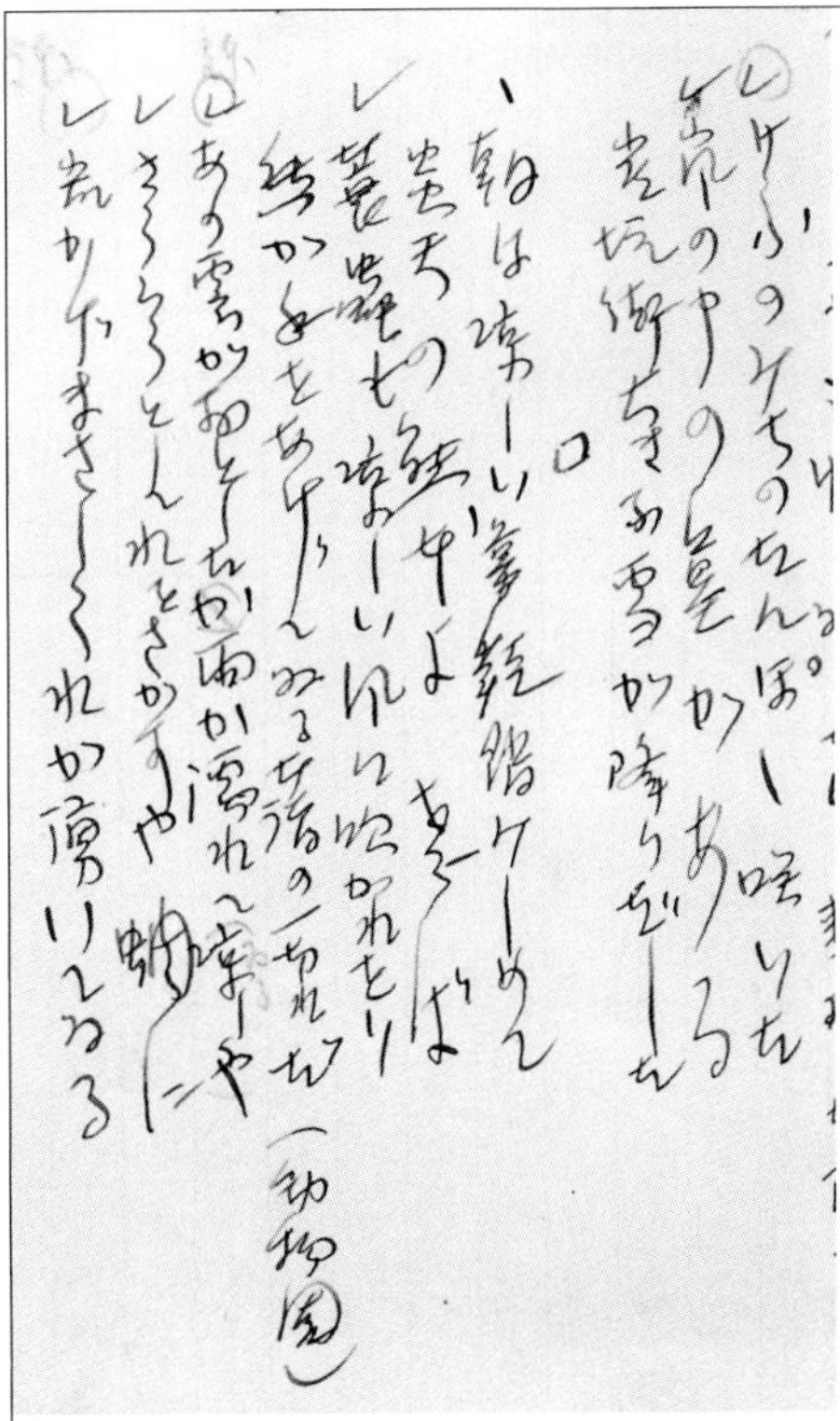

・けふのみちのたんぽゝ咲いた
・嵐の中の墓がある
炭坑街大きな雪が降りだした
□
・朝は涼しい草鞋踏みしめて
炎天の熊本よさらば
・蓑虫も涼しい風に吹かれをり
熊が手をあげてゐる藷の一切れだ（動物園）
・あの雲がおとしたか雨か濡れて涼しや
・さうろうとして水をさがすや蜩に
・岩かげまさしく水が湧いてゐる
（「行乞記」昭和5年9月14日）

一代句集『草木塔』に収録の決定稿は「今日の道のたんぽぽ咲いた」である。「行乞記」に記した未定稿は「けふのみちのたんぽゝ咲いた」であった。その間に揮毫したのが掲出の遺墨であろう。昭和五、六年ごろか。

山頭火は放浪漂泊の俳人である。旅先では一宿一飯の恩義にあずかることも多かった。さらに酒が飲めれば上機嫌で筆をふるう。そんな折の書であろうか。

一期一会ということばがある。茶会の心得を説いたものだが、一生に一度会うことをいう。〈たんぽぽ〉だって〈けふ〉という只今の花は一度限りのもの。相伴にあずかるのも、一生一度という思いがあっての即興句であろう。

ここで泊らうつく〳〵ぼうし　山頭火

山頭火が常宿にしていた岩国屋（下関市）

旅にあって聞く〈つく〳〵ぼうし〉の鳴き声は、なぜか後ろ髪を引かれる思いがする。江戸期に刊行の俳文集『鶉衣《うずらごろも》』（横井也有《よこいやゆう》）の「百虫譜」では「つくづく法師と云ふ蟬は、つくし恋しとも云ふなり。筑紫の人の旅に死して、この物になりたいと、世の諺に云へりけりし」と書く。この本、山頭火の愛読書でもあった。

つくつくぼうしの鳴き声に、非業な母の死を思い、自殺した弟を追憶したのかもしれない。〈ここで泊らう〉とは急な思いつきだが、そうせざるを得ないという諦観的なものも感じられる。同類の句としては、

ここで寝るとする草の実のこぼれる　山頭火

書も句と同年代のもので、昭和五年に揮毫。この時期の修行は、書にまで至っていない拙さがある。

恋ゆへの寝ざめか
ものうき道に
山部也

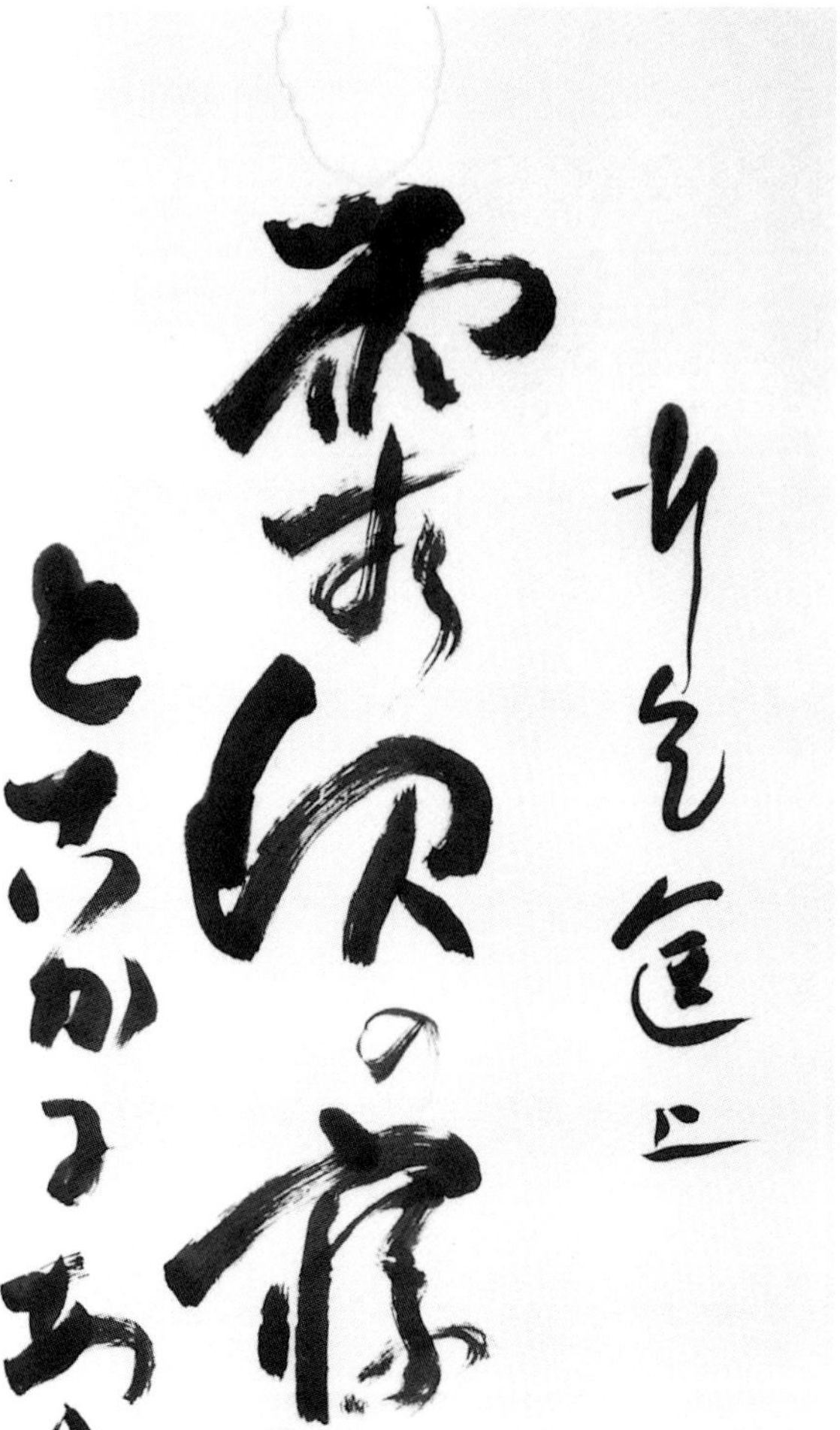

行乞途上
霜夜の寝床が
どこかにあらう
山頭火

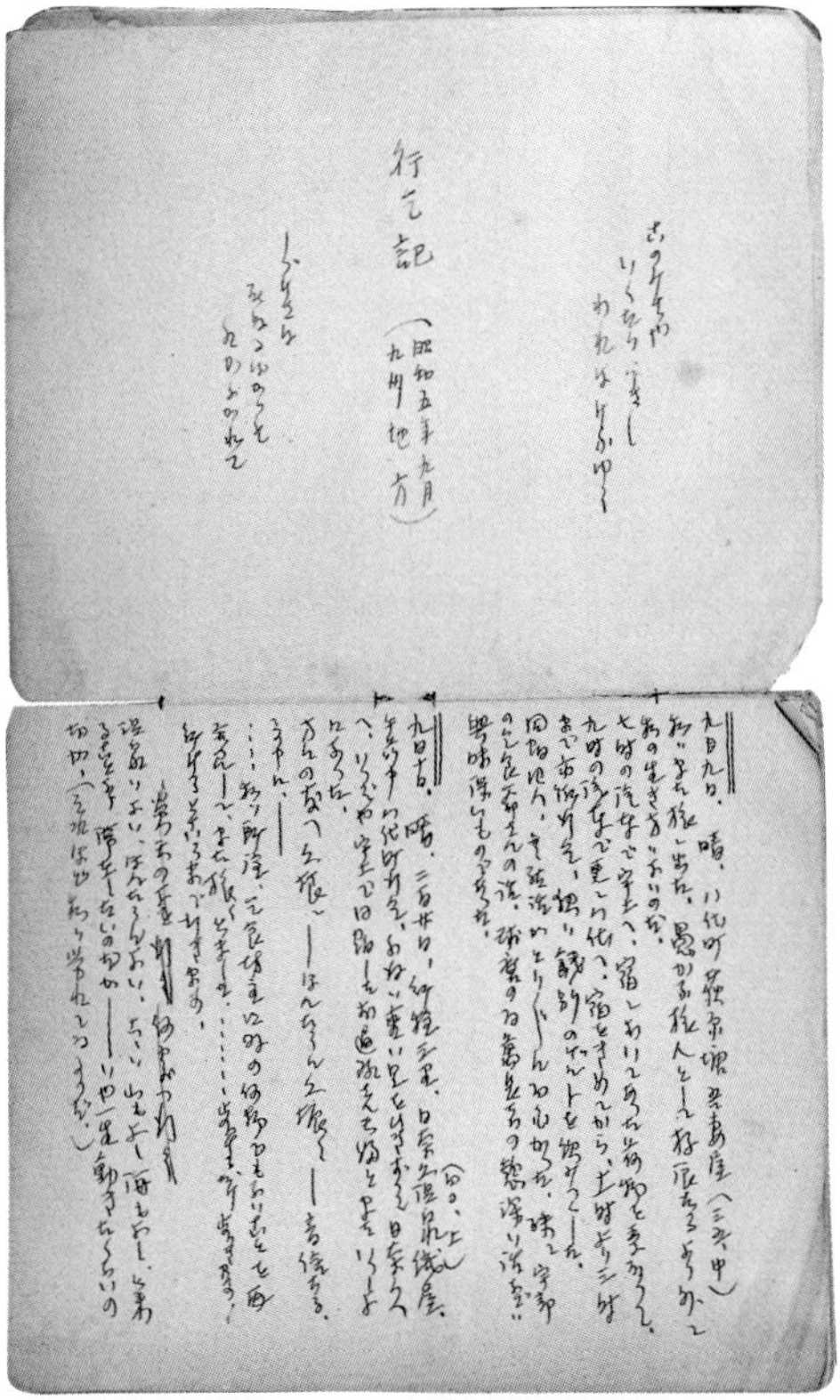

昭和5年9月から12月までの九州地方行乞の記録、「行乞記」の表紙と冒頭

寒くなって、その夜の寝床が見つからないのは悲惨である。昭和五年十二月には、久しぶりに離別した妻子の住む熊本市に帰って来たが、泊まるところがない。日記の一節には、「さてどこに泊らうか、もうおそくて私の泊るやうな宿はない、宿はあつても泊るだけの金がない、まゝよ、一杯ひつかけて駅の待合室のベンチに寝ころんだ、ずいぶんなさけなかつたけれど。……」

あてもなくさまよう笠に霜ふるらしい　山頭火
霜夜の寝床が見つからない　〃
今夜の寝床を求むべくぬかるみ　〃

こんな俳句を作っている。けれど掲出句は、悲観的でなく楽観的。放下した明るさがある。

書も全紙いっぱいに力強く、達観の心境を示す。最晩年のもの。

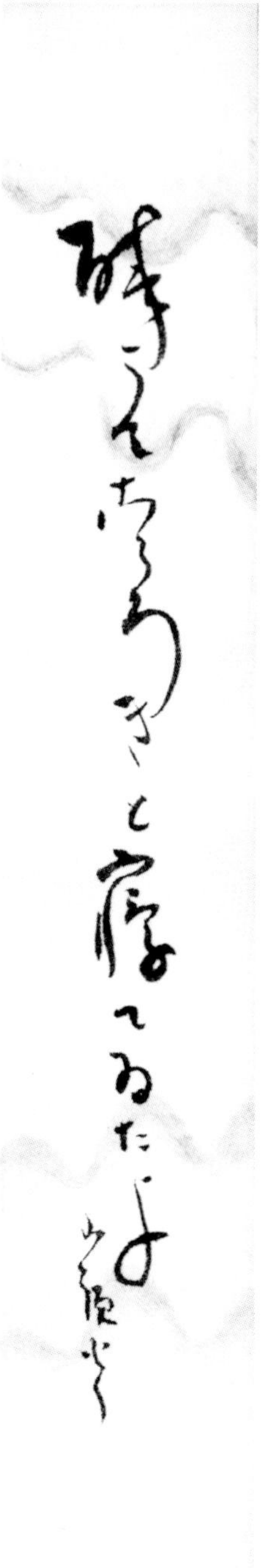

酔うてこう《（ほ）》ろぎと寝てゐたよ　山頭火

行乞途上、河原で酒盃を傾ける山頭火

昭和五年十月七日、宮崎県日南海岸の目井津での作。行乞日記には「酔中野宿」の前書をつけ、「酔うてこほろぎといつしよに寝てゐたよ」と書いている。これを二日後に訂正して「酔うてこほろぎと寝てゐたよ」と記す。けれどその上に削除の印をつけ、抹消しているのはどうしたことか。

決定稿は「酔中野宿」の前書をとり、掲出どおりの表記となっている。穏当な決着だと思う。

当時の様子は行乞途上、焼酎屋で薯焼酎の生一本をひっかけてほろ酔い気分。宿では先日来のお遍路さんと一緒になって、意気投合して飲んだ。飲み過ぎた結果が酔中野宿となったようだが、その夜に詠んだ外の作は、

酔ひざめの星がまたゝいてゐる　山頭火
どなたかかけてくださつた筵《むしろ》あたゝかし　〃

書の〈こうろき〉は〈こほろぎ〉が正しい。気乗りしないところもあってか気迫に欠ける。昭和十一年ごろのものか。

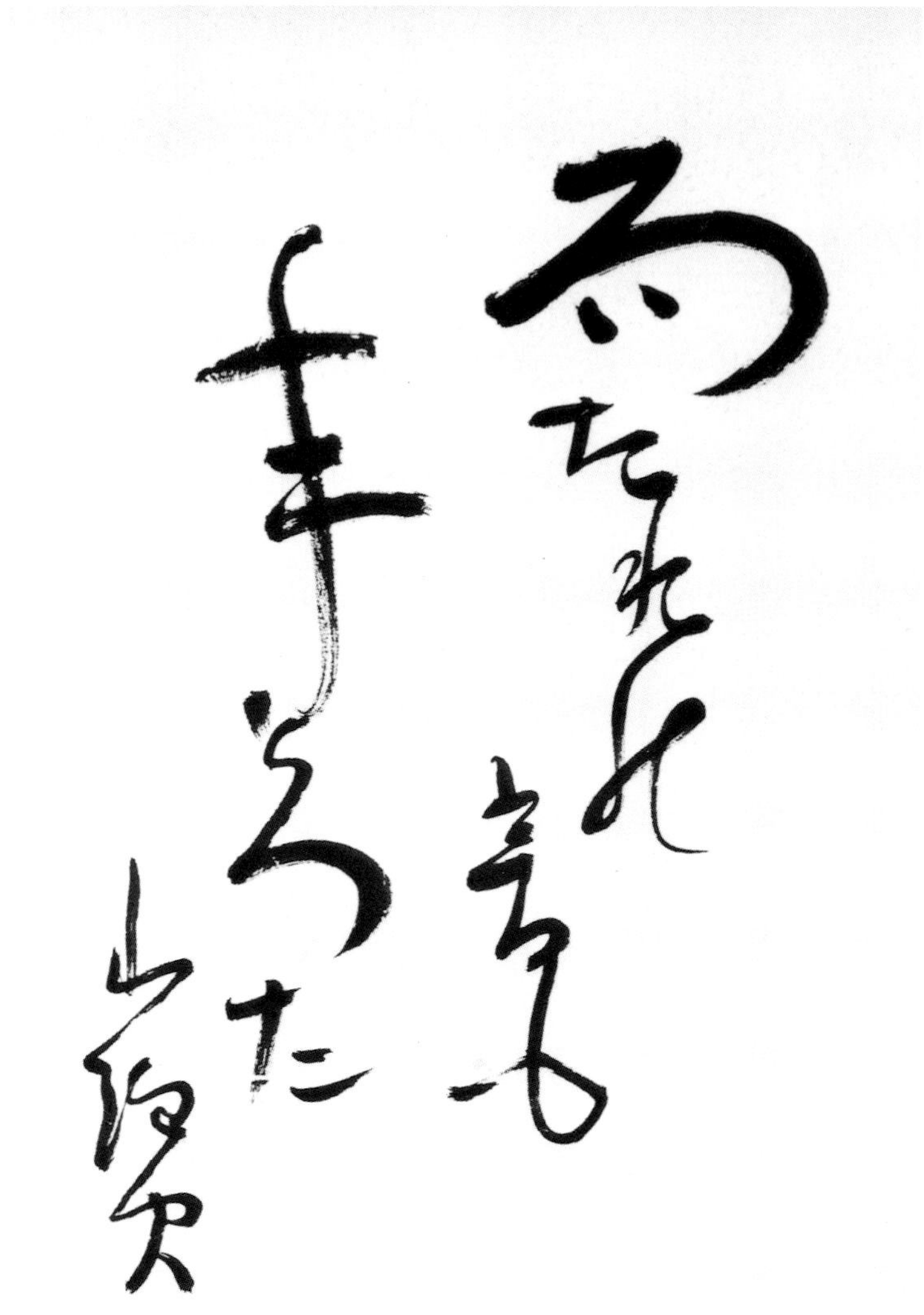

雨だれの音も
年とつた
山頭火

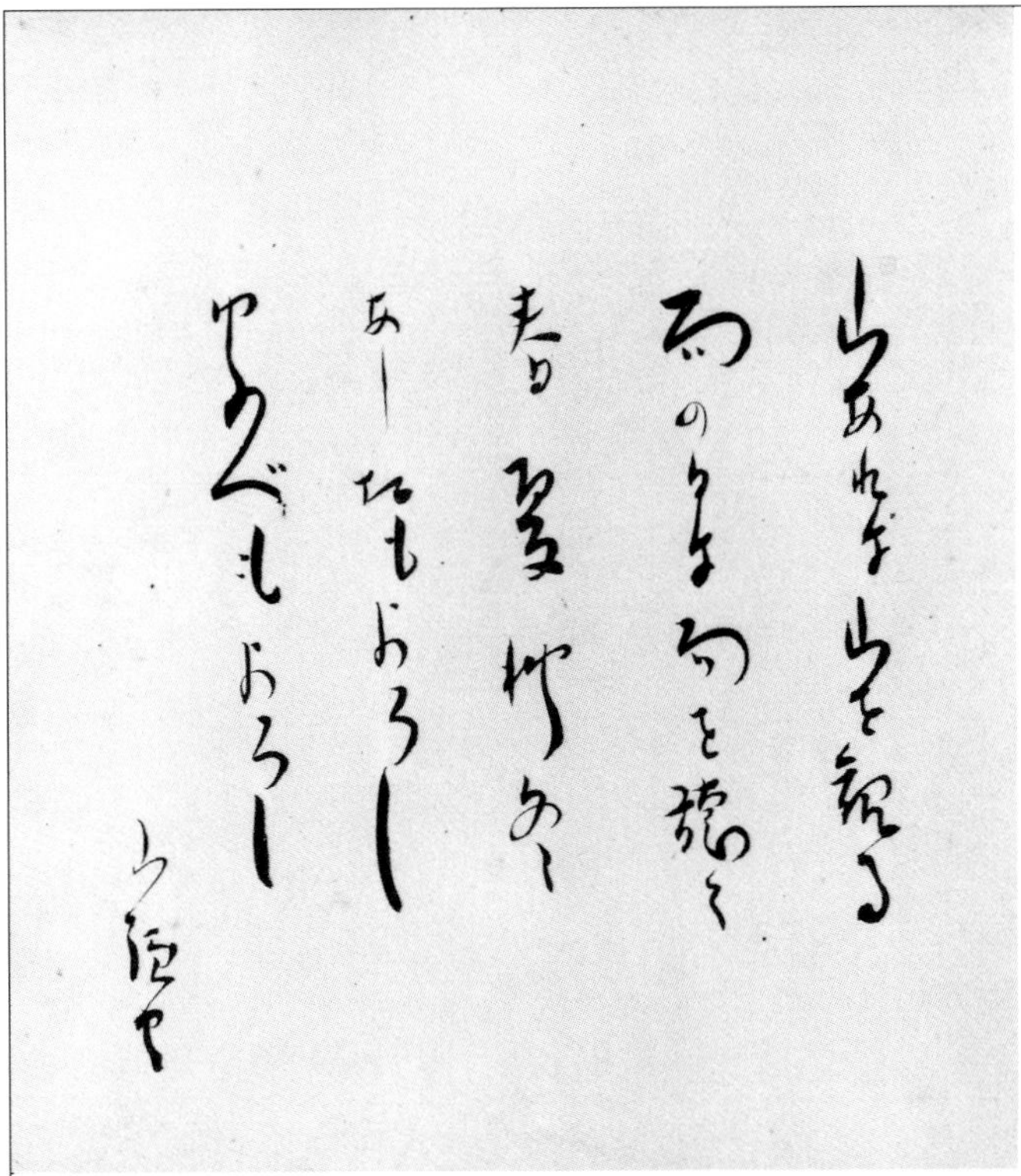

山あれば山を観る
雨の日は雨を聴く
春夏秋冬
あしたもよろし
ゆふべもよろし
山頭火

年とったのは雨だれでなく、山頭火の方である。雨だれの音を聞きながら、しみじみ年を取ったなという感慨であり孤独感だ。「雨だれの音も」で切れており、いわば二句一章から成る俳句である。

昭和五年十一月八日、大分県竹田での作。行乞日記には「寝ては覚め、覚めては寝る、夢を見ては起き、起きてはまた夢を見る——いろいろさまざまの夢を見た、聖人に夢なしといふが、夢は凡夫の一杯酒だ、それはエチールでなくメチールだけれど」と書く。エチルアルコールは酒類の主成分、飲んでも害はない。けれどメチルアルコールには毒性があって危険。山頭火の見る夢はメチルだというから危い。

山頭火が書く〈雨〉の文字は怪しいが、いつもこれだ。手は拙く老境には程遠い。昭和七年ごろの揮毫。上段の色紙は折本第三句集『山行水行』（昭和十年二月）の序詩。一草庵時代のものか。

笠も漏りだしたか
行乞途上　山頭火

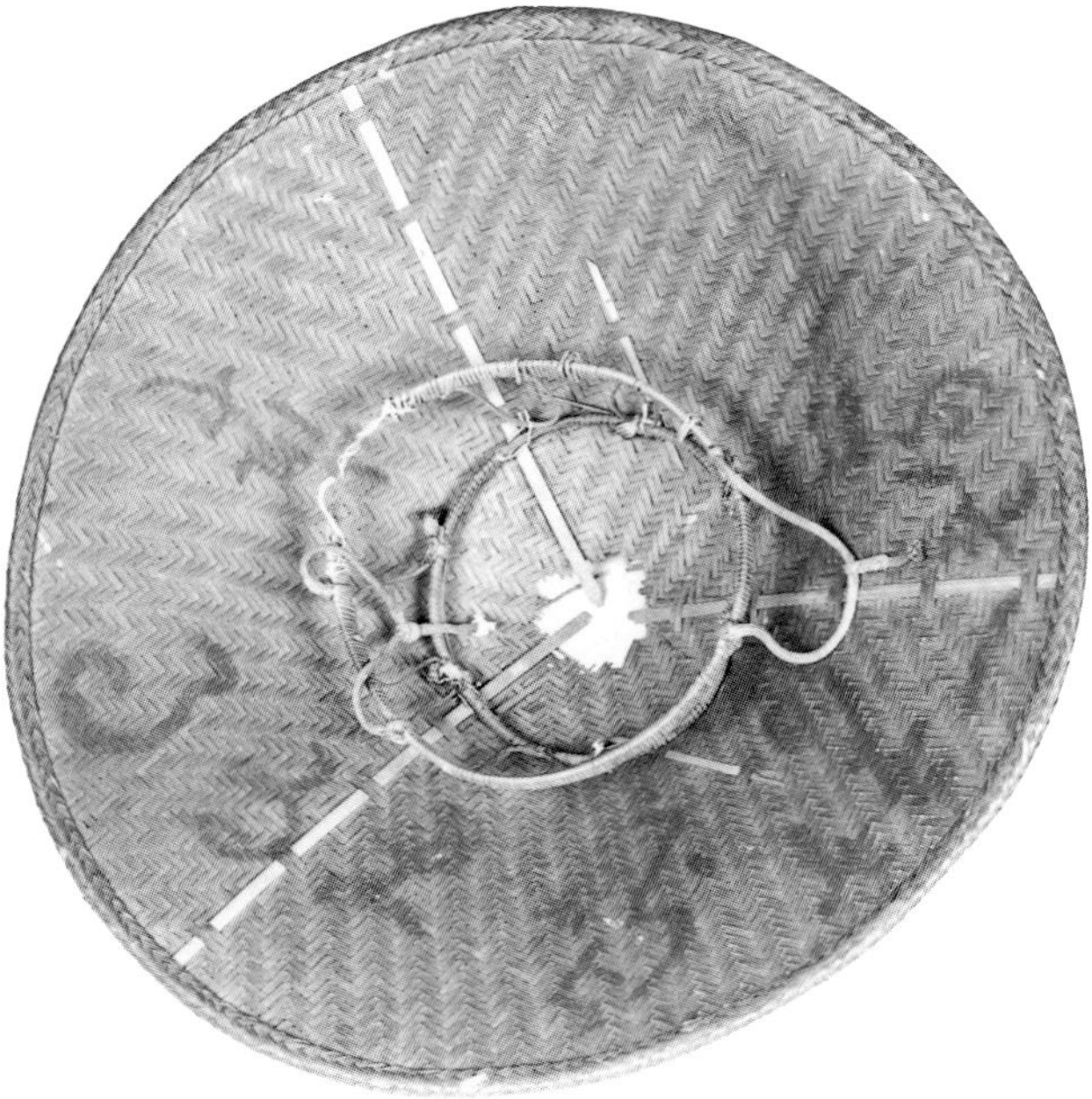

山頭火愛用の笠（「水音のうらからまいる　山頭火」と書かれてある。）

昭和五年十一月三十日、福岡県後藤寺町（現・田川市）での作。このときは前書に「自嘲」と書いているが、決定稿で「述懐」と改めている。笠はもちろん山頭火が行乞でかぶる網代笠だった。

掲出の俳句について、山頭火は思い出を書いている。それは昭和七年九月に草庵を結び、これまでの経過を述べた随筆「『鉢の子』から『其中庵』まで」の一節で、次のように記す。

「冬雨の降る夕であつた。私はさん〲濡れて歩いてゐた。川が一すぢ私といつしよに流れてゐた。ぽとり、そしてまたぽとり、私は冷たい頬を撫でた。笠が漏りだしたのだ。

　　笠も漏りだしたか

この網代笠は旅に出てから三度目のそれである。雨も風も雪も、そして或る夜は霜もふせいでくれた。世の人のあざけりからも隠してくれた。自棄の危険をも守つてくれた。――その笠が漏りだしたのである。――私はしばらく土手の枯草にたたずんで、凋れてゆく水に見入つた。」

遺墨は最晩年の松山時代のもの。九文字から成る短律句で、末尾の「か」に深い嘆息がこめられて印象ぶかい。

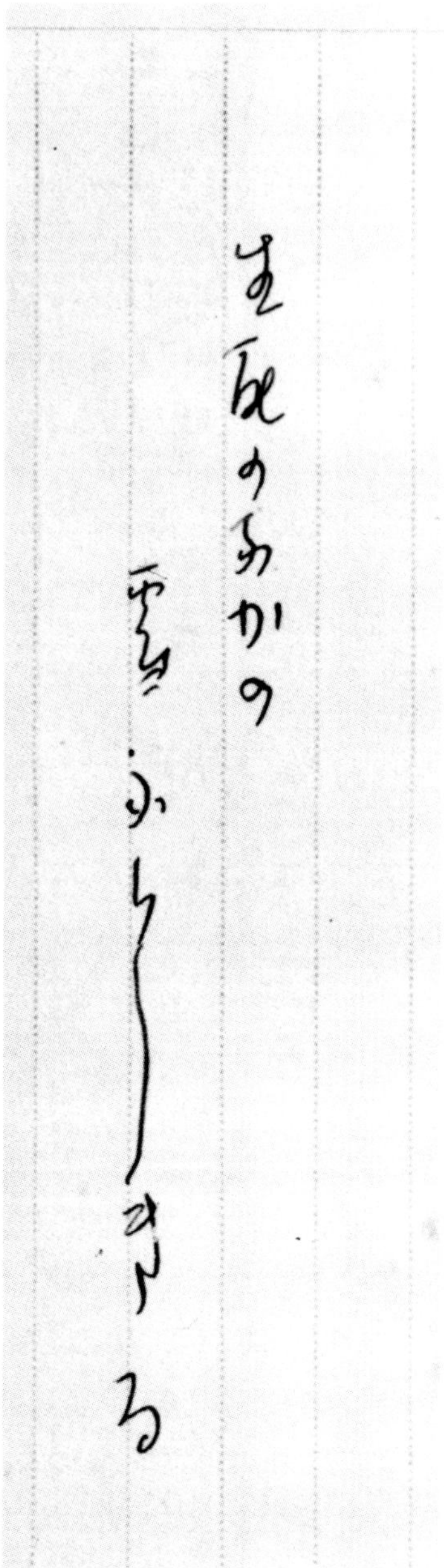
生死のなかの雪ふりしきる

生死のなかの
雪ふりしきる

死をまへの木の葉そよぐなり
陽を吸ふ
死ぬる夜の雪ふりつもる
生死のなかの雪ふりしきる

「行乞記」（昭和6年12月22日〜）の扉頁
死をまへの木の葉そよぐなり
陽を吸ふ
死ぬる夜の雪ふりつもる
生死のなかの雪ふりしきる

昭和六年十二月二十二日からはじまる自筆ノート「行乞記」の、扉部分に書いた四句中の第四句目にある句だ。第三句目は「死ぬる夜の雪ふりつもる」とある。情況からして雪は小止みなく降り、かなり積もっていたのだろう。気分はだんだん塞ぎ、やけっぱちになっていたか。

　この句を作ったのは、大正十五年十二月二十四日ではなかろうか。翌二十五日の午前一時には大正天皇崩御。御用邸のある葉山は吹雪で、夜半になって雷鳴がとどろいたという。山頭火が行乞途上の西日本でも雪が降っている。

　山頭火が決定稿として句集『草木塔』に収録するときは、前書も付けて次のようになっている。

　　生を明らめ死を明らむるは仏家一大事の因縁
　　なり（修證義）
　　生死の中の雪ふりしきる　　山頭火

　前書は道元の説く禅のエッセンスをダイジェストした『修証義』第一章総序の冒頭文をそのまま使ったものだ。〈生死〉は〝しょうじ〟と読み、生まれかわり死にかわりして輪廻することの意。煩悩から解放されない心境を〈雪ふりしきる〉と嘆息している。

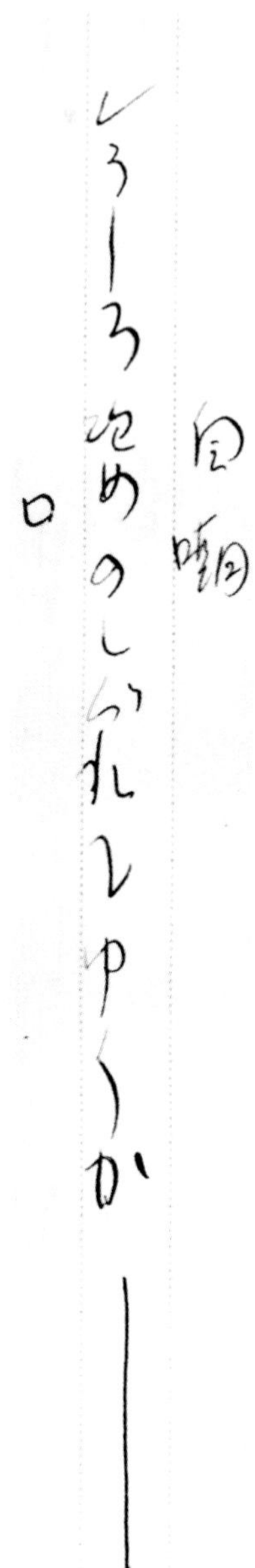

自嘲

うしろ姿のしぐれてゆくか

うしろ姿の山頭火（昭和8年6月・下関市長府三島にて、近木圭之介撮影）

これまで太宰府あたりで詠まれた句といわれていたが、昭和六年十二月二十五日、福岡県福島（現・八女《やめ》市）での作。これは地元在住の画家である杉山洋氏が山頭火の自筆ノートから考証し誤りを指摘している。

掲出の句に続けて「水音もなつかしく里へ出る」「宿が見つからない夕百舌鳥ないて」の句があるが、山頭火自身が抹消の印をつけたため全集でも省略。ために錯誤の因となったが、山頭火は十二月二十四日にはかつて城下町であった福島の中尾屋に泊った。翌二十五日は町内を行乞。次の記述が掲出句の背景である。

「昨夜は雪だつた、山の雪がきらきら光つて旅人を寂しがらせる、思ひ出したやうに霙《みぞれ》が降る。気はすゝまないけれど十一時から一時まで行乞、それから、泥濘の中を久留米へ。」

後に句集『草木塔』に収めた決定稿は、

自嘲

うしろすがたのしぐれてゆくか

鉄鉢の中へも霰《あられ》　山頭火

山頭火が使った鉄鉢（またの名を「鉢の子」）

鉄鉢はテッパツと読み、托鉢の時などに僧が用いる鉢である。托鉢とは鉢を持って食物を乞うことで、乞食ともいう。

なぜ乞食をしなければならないか。修行に専念するためには、自己の肉体を維持する手段として労働に頼るのを邪命として許されなかった。食を他人に乞うのは十二頭陀行の一つ。山頭火の旅も修行と考えてもよいが、食物でなく霰というのはどう解すればよいか。

昭和七年一月八日、北九州の響灘に臨む三里松原での作。修行が外道に陥って自省しなければならない場合も多かった。そんなとき鉄鉢の中へ降り込んで来た霰は、覚醒の音でもあった。

書は最晩年に松山で揮毫したもの。気合のこもった迫真の最高傑作で、一草庵に建つ句碑の原本にもなっている。

ふるさとは遠くして木の芽　山頭火

行乞途上の山頭火。捨てきれぬ故郷を想っているのか。

山頭火には〈ふるさと〉を懐かしがる、いわゆる望郷の句が多い。ふるさとには良い思い出よりも、慙愧《ざんき》に堪えない思いの方が強かったのではないか。それでも故郷が忘れられないのは、流浪を余儀なくされた孤独な人の現実逃避であるかもしれない。

とにかく現実は厳しい。その日その日を托鉢で生きていかねばならないのだ。昭和七年三月二十一日、長崎県早岐《はいき》での作。野山には美しい木の芽がふき、回春の情も呼び覚ます。山頭火は「故郷」と題した随筆の中で、次のように書いている。

「家郷忘じ難しといふ。まことにそのとほりである。故郷はとうてい捨てきれないものである。(中略)拒まれても嘲られても、それを捨て得ないところに、人間性のいたましい発露がある。錦衣還郷が人情ならば、襤褸《ぼろ》をさげて故園の山河をさまよふのもまた人情である。」

書は昭和十一年に揮毫したもの。

笠へ
ぽつとり
椿だつた

山頭火

行乞途上

椿は俗信と結びつけて、さまざま語られることが多い。神の社や寺、墓などで見かけるが、屋敷に植えられたのは稀である。人の首が落ちるように花が散るからだろうか。美しいが不吉を予感するものとして忌み嫌われた。

笠へぽつとり椿だつた

前書はなく、これが決定稿。行乞日記によると昭和七年四月四日、長崎県御厨《みくりや》（松浦市）での作。十日ほど前から体調を崩しており、三月二十七日は佐世保の木賃宿で終日臥床。四月二日も腹痛と下痢で動けなかったが、じっとしていてはなお窮する。姫神社を祀る町内を、しくしく痛む腹を抱えて三時間あまり行乞した。その間に得られたのが掲出句である。

書も俳句も同年代で、昭和七年の揮毫。

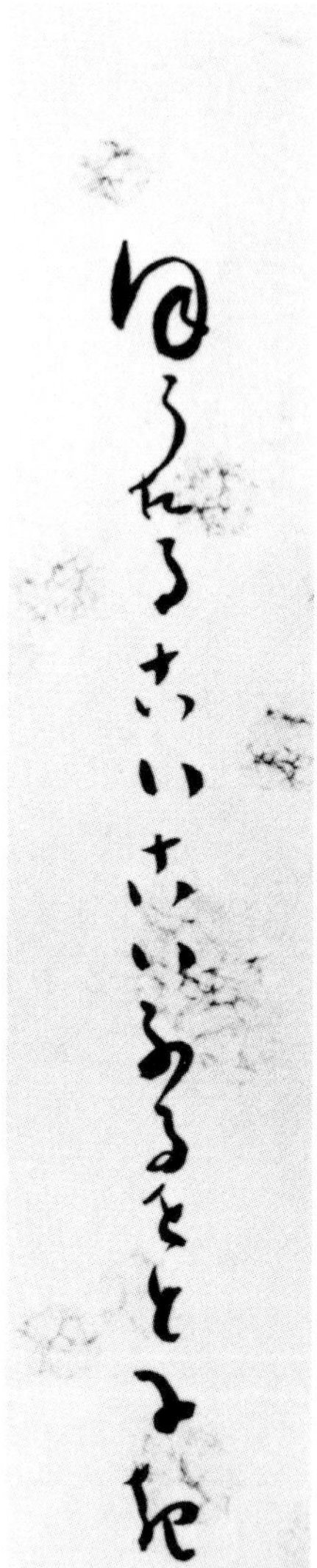

ほうたるこいこいふるさとにきた　山頭火

山頭火の故郷、三田尻（現・防府市）

非業の死を遂げた人の怨霊が螢に化したという伝説は多い。山頭火の母も三十二歳のとき自邸の井戸に身を投げて自殺しており、彼にとって螢といえば母やふるさとの家のことなどを思い出す切っ掛けになったようである。

うまれた家はあとかたもないほうたる

山頭火らしい抒情の漂う俳句であり、掲出句の「ほうたるこいこい」もまた幼年期のはかない追憶へと誘うものである。彼の生家跡から十分も歩けば、山口県下最大の平野を形成した佐波川の土手だ。豊富な伏流水はかつて広大な屋敷周囲の水路にも満ちて、螢の繁殖地としても知られていた。

山頭火は長い放浪の後にふるさと近くで草庵を結ぶために帰ってきた。その場所は山口県川棚温泉。その希望があるいは叶えられるかの期待をもって成った一句である。昭和七年六月一日作。書は昭和九年のもの。

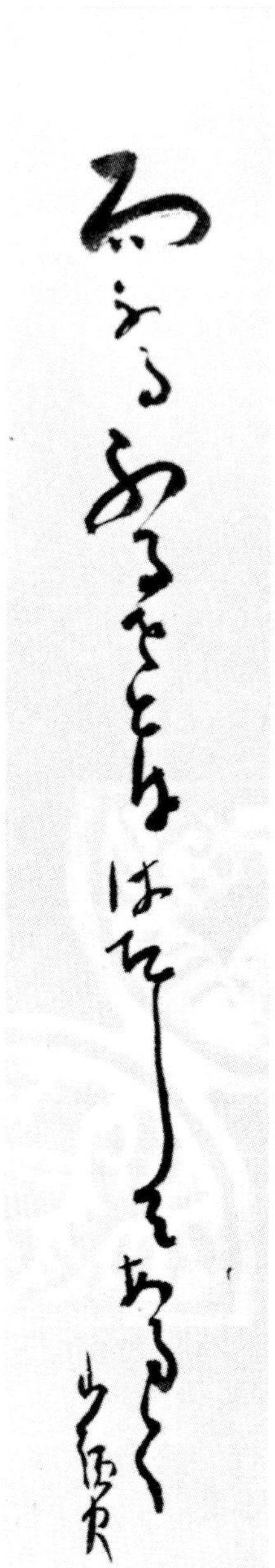

雨ふるふるさとははだしであるく　山頭火

防府天満宮下、双月堂前にある同句句碑

昭和七年九月四日、小郡での作。山口盆地への入口にあたる町で、小郡駅の西北一キロ余の山麓に庵を結ぶことになった。その準備期間のころで、期待と不安に落ち着いてはいられなかったらしい。

日記によると、日曜日のこともあり支援者三人が来てくれて午前は庵の土地と家屋を下検分、午後には四人で酒を飲んで別れた。気分は悪くない。夕方になってどしゃぶりの夕立、「よかった、痛快だつた」と書く。おそらく夕立が小降りになって、外に出てはだしで歩いたのだろう。

この地もそうだが、周防一帯の土は真砂土である。濡れても粘って足にくっつくことはなく、サラサラと足裏の感触は快い。この句について、彼はめずらしくも自解風の感想を次のように書いている。

「雨ふるふるさとはなつかしい。はだしであるいてゐると、蹠の感触が少年の夢をよびかへす。そこに白髪の感傷家がさまよふてゐるとは。――」

書は昭和十一年ごろか。

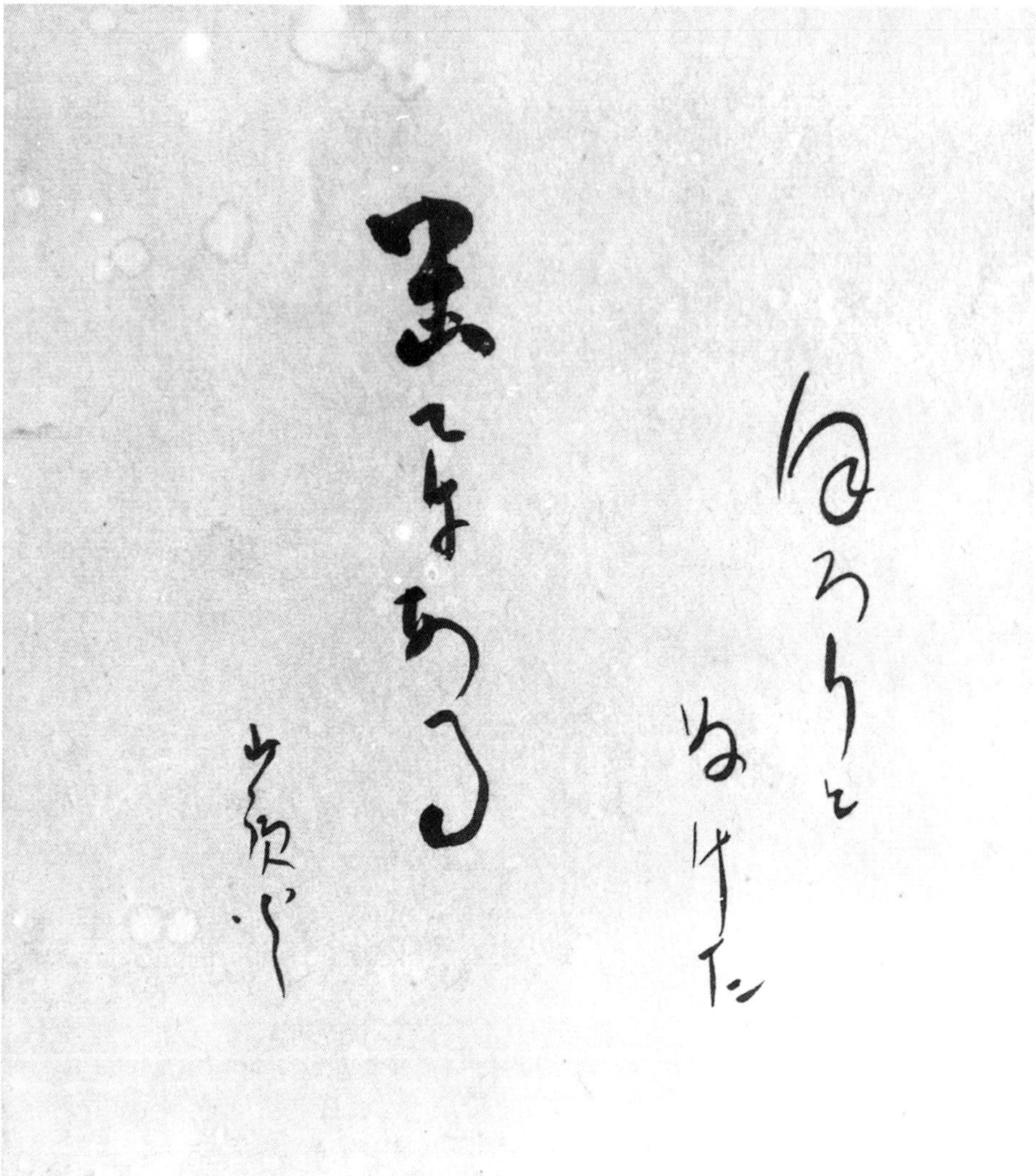

ほろりと
ぬけた
歯ではある

山頭火

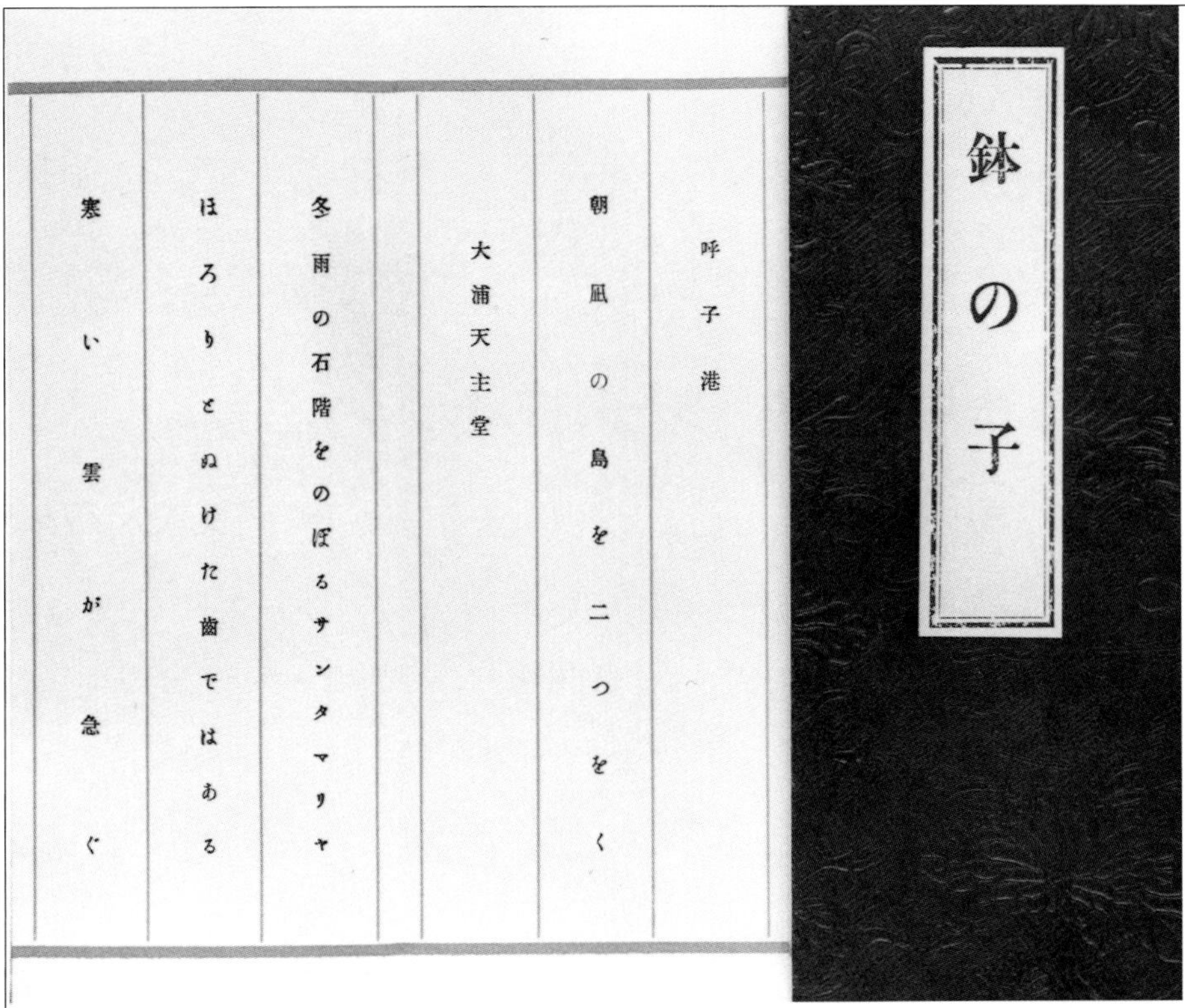
鉢の子
呼子港
朝凪の島を二つをく
大浦天主堂
冬雨の石階をのぼるサンタマリヤ
ほろりとぬけた歯ではある
寒い雲が急ぐ

折本第一句集『鉢の子』表紙と同句掲載頁（昭和7年6月20日刊）

歯の衛生について無頓着な時代でなかったか。親友に柴田双之介という歯科医がいた。歯科医専に在学のころからの知友で、卒業して開業医になってからも、山頭火は柴田を訪ねている。けれど歯の治療ではなく、一杯飲ましてもらうためであった。山頭火の歯は〈ほろり〉と抜けて、晩年の彼を知る人々から聞いたところではぜんぜん歯がなかったようだ。

掲出句は昭和七年一月二十四日の行乞日記に、再録と但し書きを付けて載せられている。そして昭和十四年四月十八日の行乞日記には「ほろりと最後の歯もぬけてうら、か」の句を記す。はたして〈うら、か〉といえる事態ではあるまいが、歯が抜けることに案外あっけらかんとした山頭火であった。〈ほろり〉はもろく落ちるさまを音で模写しようとした擬声語である。語音と意味が直接的に結び付き、感情に訴える迫真的効果をあげた一句だ。

書も散らし書きにして〈歯〉を強調したところがおもしろい。昭和十一年、五十四歳の揮毫。

II

――其中庵結庵（昭和7年9月）~自殺未遂（昭和10年8月／52歳）

山頭火はようやく願望の庵を結ぶことが出来て、辛くて厳しい放浪から身を休める居場所を得たわけだ。随筆には次のように書く。

「昭和七年九月二十日、私は其中庵の主となつた。

私が探し求めてゐた其中庵は熊本にはなかつた、嬉野にも川棚にもなかつた。ふる郷のほとりの山裾にあつた。茶の木をめぐらし、柿の木にかこまれ、木の葉が散りかけ、虫があつまり、百舌鳥が啼きかける廃屋にあつた。

廃人、廃屋に入る。

それは最も自然で、最も相応してゐるではないか。水の流れるやうな推移ではないか。自然が、御仏が友人を通して指示する生活とはいへなからうか。」

其中庵を結ぶに当って支援したのは国森樹明と伊東敬治。国森は近くにあった地元の農学校の事務長で、「層雲」に所属して俳句も作った。山頭火とは奇妙なほど馬が合い、よい飲み友達になっている。そのため折角の隠遁もあらぬ方に向かうこともあったが、この時期には多くの層雲派俳人と交流。昭和八年十一月には師の荻原井泉水を招き其中庵句会を催している。そのほか大山澄太や近木黎々火らが其中庵を訪ねるようになった。

近郊へ托鉢に出かけることはあったが落ち着き場所を得て安住、精神的には緊張が弛んでいる。大きな旅行といえば昭和九年三月末に出立して、信州伊那谷へ向かう。

その地は明治時代の前半に流浪の俳人井月《せいげつ》が徘徊したところ。境遇の似かよりから心酔し墓参りを企てた。けれど木曽の峠越えで雪道を歩き、肺炎にかかって飯田で病む。四月末には帰庵するが、以後しばらくは体調を崩して精神のバランスまで失う。

山頭火は五十歳を過ぎたころから、性慾をなくしたノンキなおじいさんなどと日記に書いている。昭和十年を顧みて「此の一年間に於て私は十年老いたことを感じる。（十年間に一年しか老いなかつたこともあつたやうに）」と書く。飯田で病んで以後は気弱になって、死の想念に囚われてゆく。日記には「自殺是非について考へる」などの言葉も多くなり、ノイローゼに陥っている。

昭和十年七月二十五日の日記には「人生――生死――運命或は宿命について思索しつゞけたが、今の私にはまだ解決がない！」と書き、八月五日には自殺をはかっている。

死をまへに涼しい風　　山頭火

昭和七年（一九三二）　五十歳

九月二十日、小郡町矢足に一軒家を借りて住み、「其中庵」と称する。

十二月、個人誌「三八九」復活第四集を発行。

（満州国建国宣言。五・一五事件。）

昭和八年（一九三三）　五十一歳

一月、「三八九」第五集を発行。

二月、「三八九」第六集を発行（終刊となる）。

三月、長男・健は秋田鉱山専門学校を卒業。

五月、望月義庵和尚が庵に訪れる。

十一月四日、井泉水来庵して其中庵句会、来会者多数。

十二月、折本第二句集『草木塔』刊行。

近郷を行乞。

（日本はこの年、国際連盟を脱退。）

昭和九年（一九三四）　五十二歳

二月、福岡地方行乞、糸田の木村緑平を訪ねる。

三月二十二日、俳人井上井月の墓参りを思い立ち、東上の旅へ。広島、神戸、京都、名古屋に句友を訪ね、木曾路の清内《せいない》路峠《じとうげ》で深雪に行きなずむ。

四月十五日、信州飯田の句友太田《おおた》蛙堂《けいどう》居着。句会後発熱し、川島病院に二週間入院し、月末に帰庵。

五月一日、長男・健、病気見舞いに其中庵へ来る。句友たちの来訪しきり。

昭和十年（一九三五）　五十二歳

一月、其中庵にて新年を迎え、庵住の日々多し。

二月、折本第三句集『山行水行』を刊行。

七月、北九州に旅し、句友たちと交友酒会、飯塚に健を、糸田に緑平を訪ねる。

八月五日、カルモチンを多量に服用し自殺を図るも、未遂に終る。

其中
雪ふる
一人として
火を焚く
山頭火

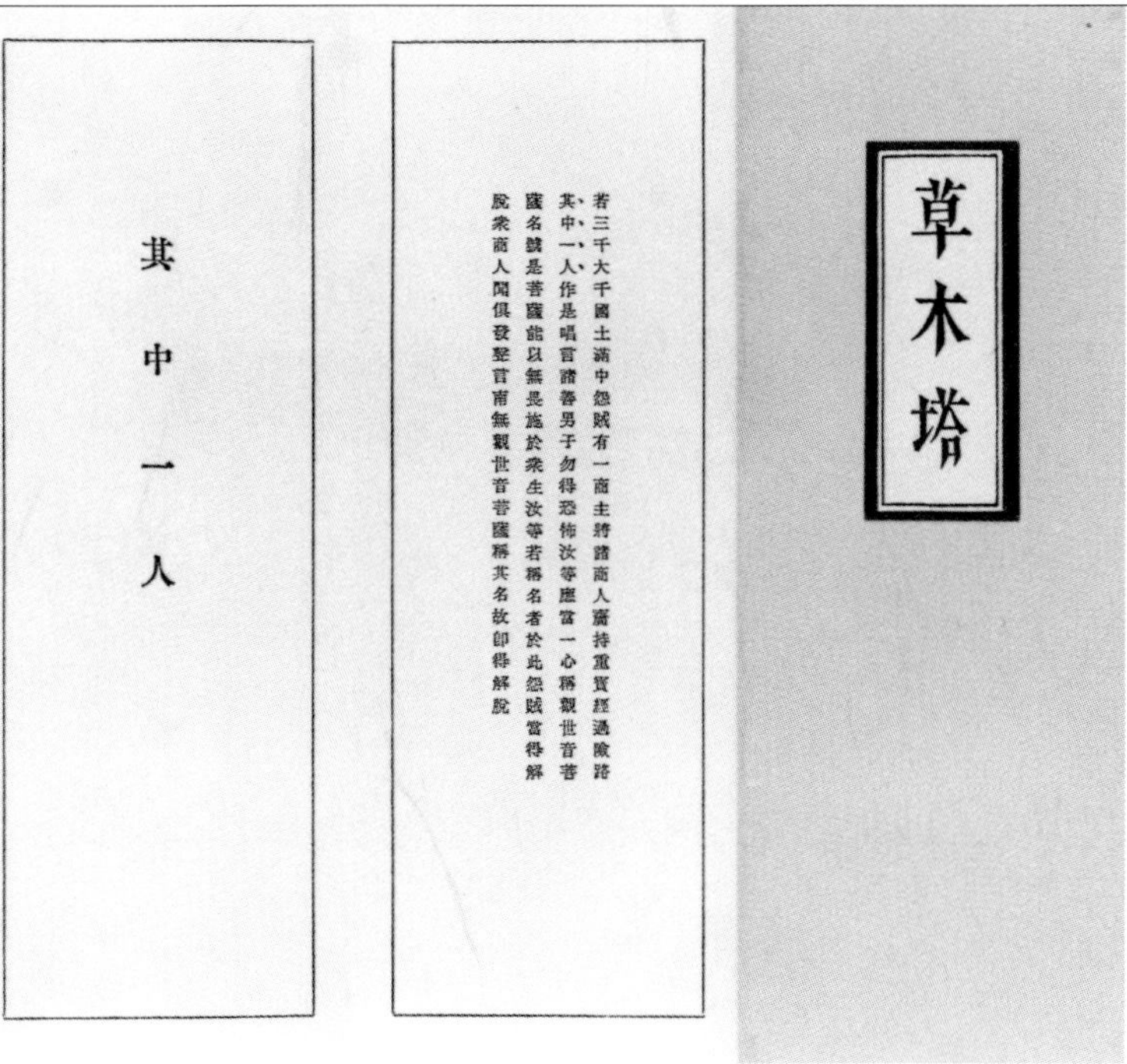

若三千大千國土滿中怨賊有一商主將諸商人齎持重寶經過險路
其中一人作是唱言諸善男子勿得恐怖汝等應當一心稱觀世音菩
薩名號是菩薩能以無畏施於衆生汝等若稱名者於此怨賊當得解
脫衆商人聞俱發聲言南無觀世音菩薩稱其名故卽得解脫

折本第二句集『草木塔』表紙と扉頁（昭和8年12月10日刊）

其中一人は『観音経』にある経文の一節から抜き出した語だ。その一部は山頭火の第二折本句集『草木塔』の扉にも載せており、これに続く二部構成の前節部を「其中一人」と題している。

掲載した『観音経』の一部は白文で分りづらい。ここでは書き下し文にして一部を示してみよう。

「若し三千大千国土の、中に満てる怨賊《おんぞく》あらんに一商主有りて、諸の商人を将《ひき》い、重宝を斎持《さいじ》して、険路を経過せんに、其の中の一人、是の唱言《しょうごん》を作《な》さん」

すなわち多くの人が危難に遭遇している時、その中の一人の機転によって全員が救われる。その機転は「観世音菩薩」と唱言をなすことだったと説く。

掲出句もやっぱり危難の時か。雪で凍え死にそうな場合、その中の一人が最後の気力をしぼって火を焚けば全員助かるだろう。其中一人とはまさに状況判断にたけた人のことをいう。これは秘かな山頭火の自負であったか。

書は晩年のもので、絵は唯一の俳句弟子近木黎々火が描いている。

お正月のからすかあ〳〵　山頭火

其中庵に入庵まもない山頭火

一家団欒でくつろぐ人にとって、お正月は楽しいものだ。けれど社会と関わりの薄い独リ者には、正月ほど孤独になる時はない。山頭火はみずからそういう境涯を選んだわけだが、ひがむ気持ちが無くもなかった。

　お正月の鴉かあかあ

これが決定稿である。鴉は彼の代弁者であり、〈かあかあ〉と擬声語の表現はもろに感情が込められているからだ。まったく寂しいのである。

　枯木に鴉が、お正月もすみました

お正月もすんでほっとした気持ちなんだろう。これで生活が好転するわけでないが、いざ困窮すれば托鉢にも出れる。正月はそれもままならず、他人の幸せのために逼塞《ひっそく》していなければならない。それに耐えられなくて、〈かあかあ〉と鳴くのである。なんとなくかまびすしさが書体からも察せられるのではないか。昭和十一年の揮毫。

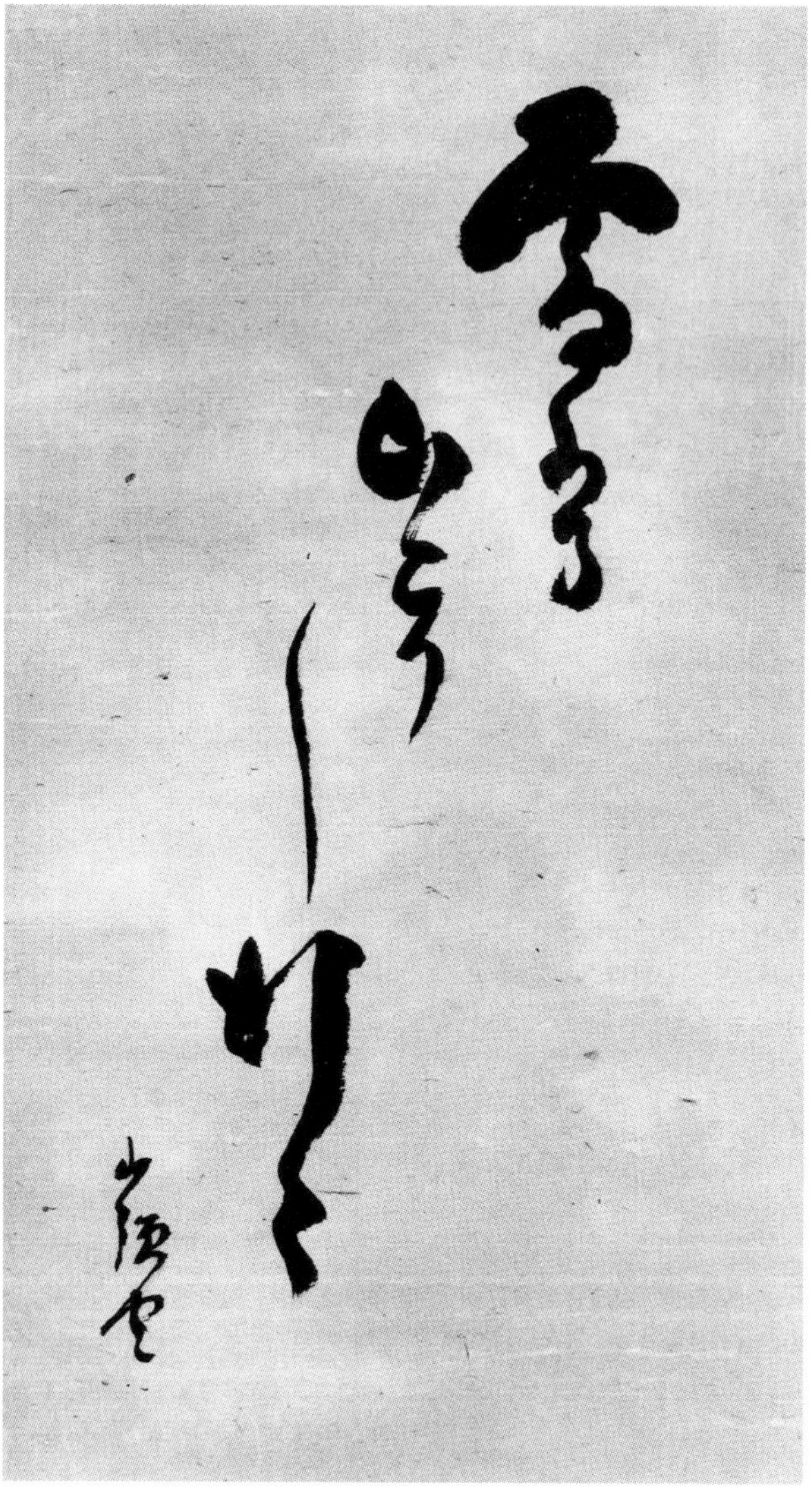

雪ふる
ひとり
〳〵行く
山頭火

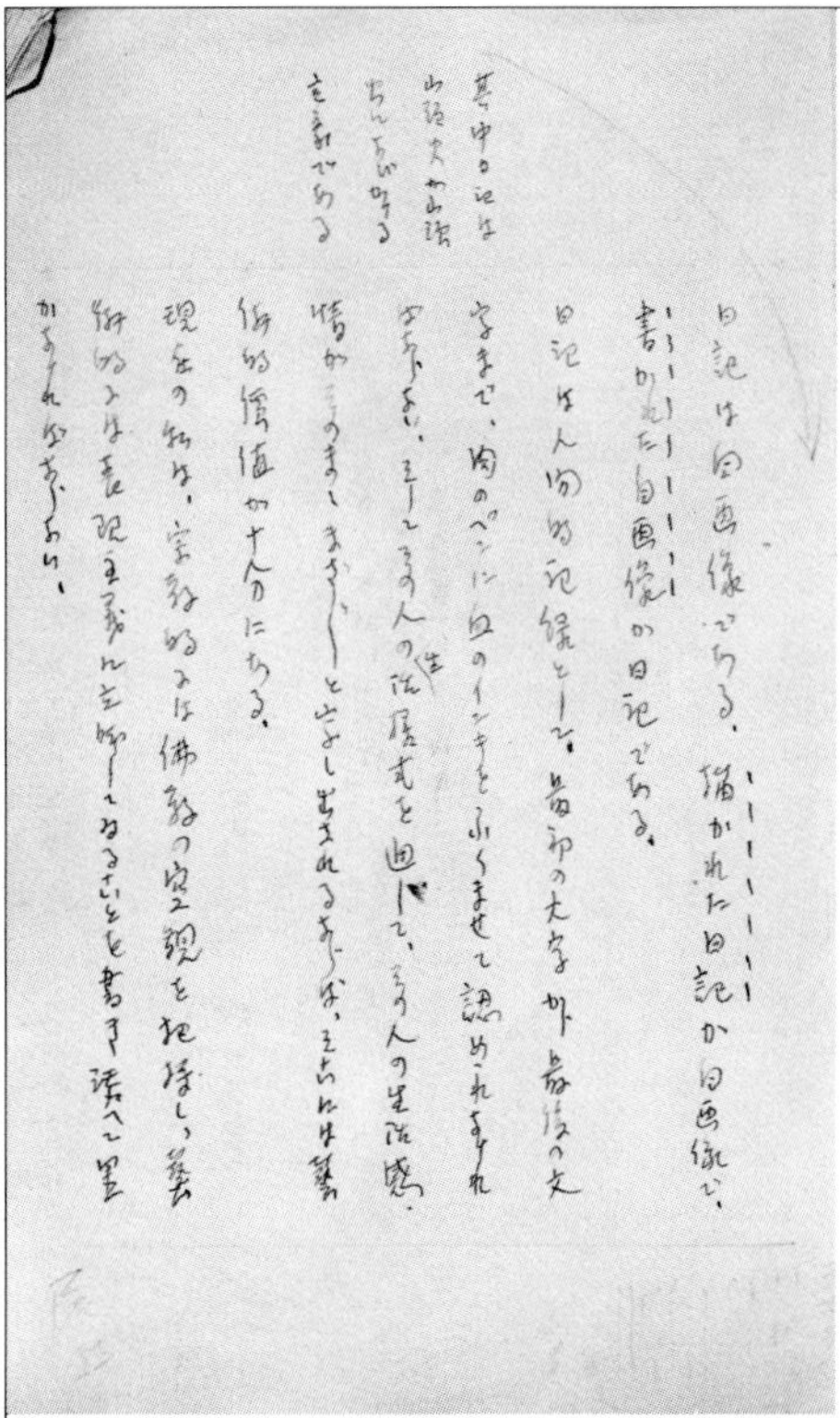
其中日記は山頭火が山頭火によびかける言葉である

日記は自画像である。描かれた日記が自画像で、書かれた自画像が日記である。

日記は人間的記録として、最初の文字から最後の文字まで、肉のペンに血のインキをふくませて認められなければならない。そこにその人の生活様式を通して、その人の生活感情がそのままにまざまざと写し出されるならば、それは芸術的価値が十分にある。

現在の私は、宗教的には仏教の空観を把持し、芸術的には表現主義に立脚していることを書き添へて置かなければならない。

一人居の庵の中で自己と向き合い綴った「其中日記」（上欄外に「其中日記は山頭火が山頭火によびかける言葉である」とある）。

新井白石著『東雅』という注釈書には、雪の語源を「ゆトハ白キ也、きトハけノ転ニシテ消也」とある。すなわち白く清らかにして、はかなく消える風情から出た語だろう。昭和八年一月二十六日から数日間も雪が降り続き、このあたりにはめずらしいと胸おどらせている。そして句が出来すぎて困るほど、毎日数十句も作っているのだ。掲出句もその中の一句で、句集『草木塔』の決定稿は「雪ふる一人一人ゆく」となっている。〈一人〉と〈一人〉との間で切れる二句一章仕立てであろう。

日記には「雪の風情は雪を通して観る自分の風姿である」と書く。単に雪降る風景を眺めているのではなくて、その中に溶け込んだ自分をも観ているのだ。草庵に降りこめられて一人居の自分、雪中を一人で歩いている自分。白く清らかではかない雪に、一人の自分が一体化しているのを詠んでいるのである。

書は最晩年の松山時代に揮毫したもの。泰然と安定感のある書である。

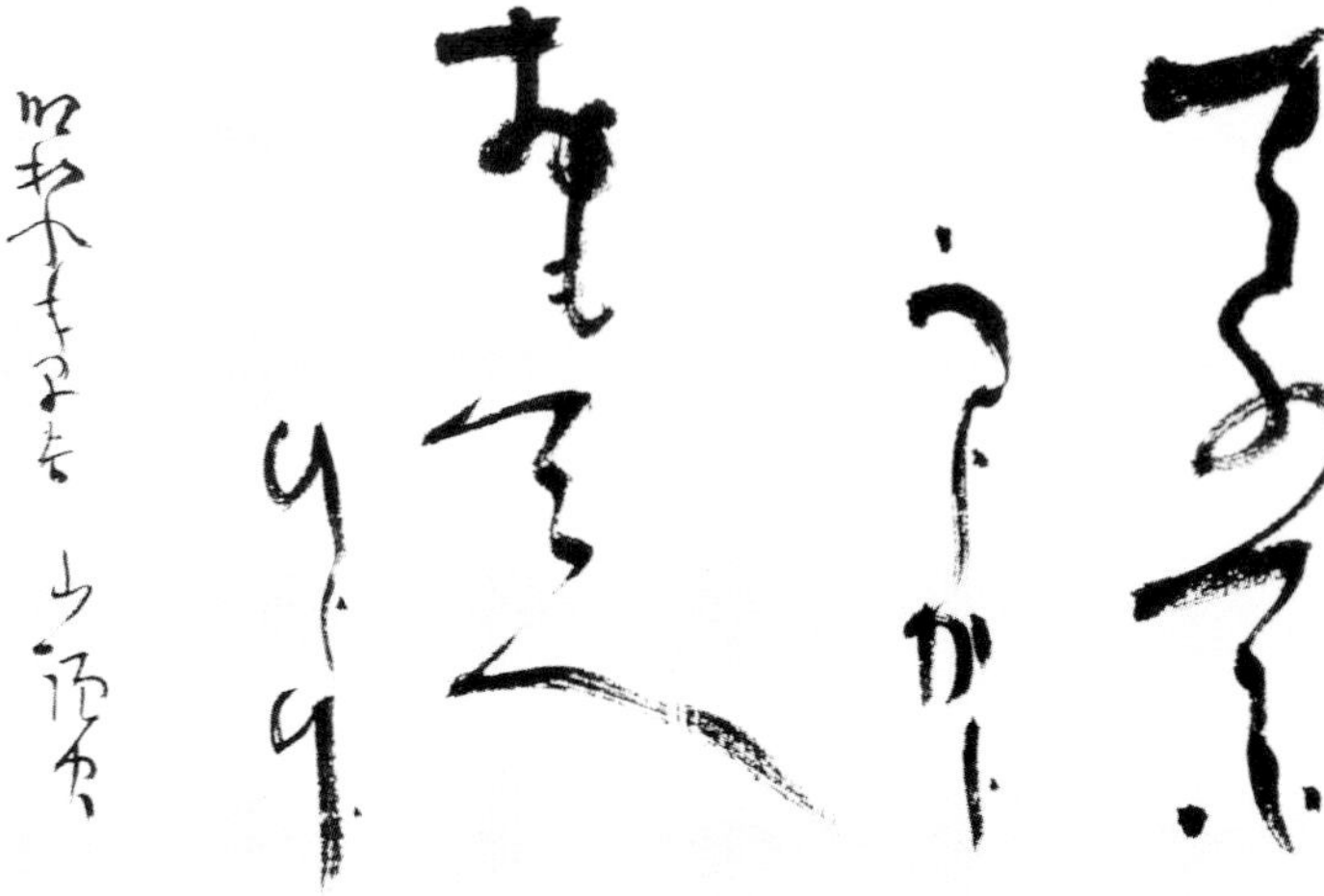

てふてふ
うらから
おもてへ
ひらひら

昭和九年早春　山頭火

人口に膾炙する句に「てふてふひらひらいらかをこえた」というのがある。永平寺三句のうちの一句だ。また最晩年の松山では「てふてふひらひらひらかうとしてゐる春蘭」とも詠んでいる。蝶の飛んでいる姿を言語音で模写しようとしたものだ。自由律俳人の最も得意とするところで、語音が軽やかに飛び抜けてゆく蝶を浮き立たせる。

昭和八年六月十六日、其中庵での作。空梅雨で暑い日だったが、風が裏から庵を抜けて表へ吹き過ぎていった。蝶も風と共に飛んで来て、飛んで行ったのだろうか。動的で軽やかな一句である。

書は翌年二月、北九州を旅した時に揮毫。あるいはこの時、「星城子居即事」と前書して次のような句も作っている。

冬木をくゞつて郵便やさんがうらから

其中庵全景

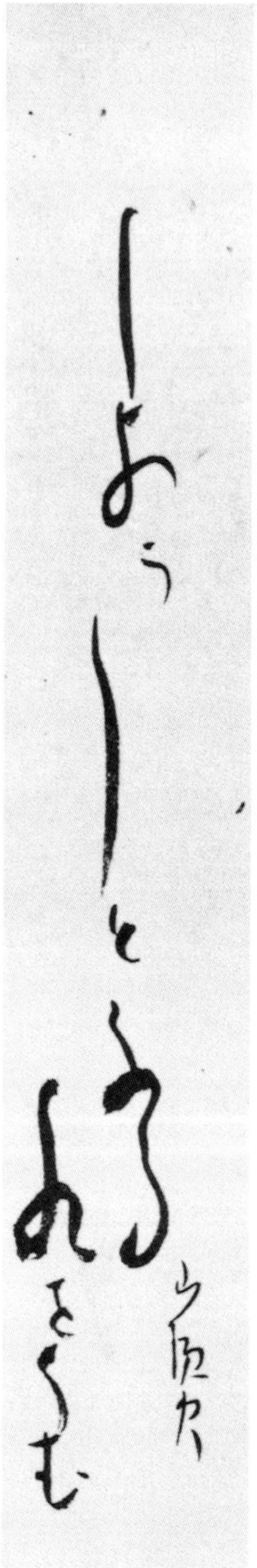

しよう〳〵とふる水をくむ　山頭火

其中庵の裏手の井戸へ水を汲みに行く山頭火

二句一章の俳句で、〈しようしよう〉は蕭蕭と書き、雨や風の音、鳴き声などの寂しいさまをいう。ここでは秋雨の降る蕭条たる情景だろう。これが前句で、後句は井戸から水を汲み上げる動作を詠んでいる。

山頭火の住む其中庵には、数十メートル離れた薮陰にバケツで汲み上げることの出来る井戸があった。降る雨と汲み上げる水、この取り合わせは破綻のない調和の世界。ちょっと寂しいのは個人的な事情にもよるものだろうか。昭和八年十一月の作で、気になるこんな句も詠んでいる。

性慾をなくしてしまつた雑草の雨

ついでに書けば、前年十二月三十一日の日記には次のように記している。

「昭和七年度の性慾整理は六回だつた、内二回不能、外に夢精二回、呵、呵、呵、呵。」

書は最晩年に松山で揮毫したもので、自在な心境も窺える。

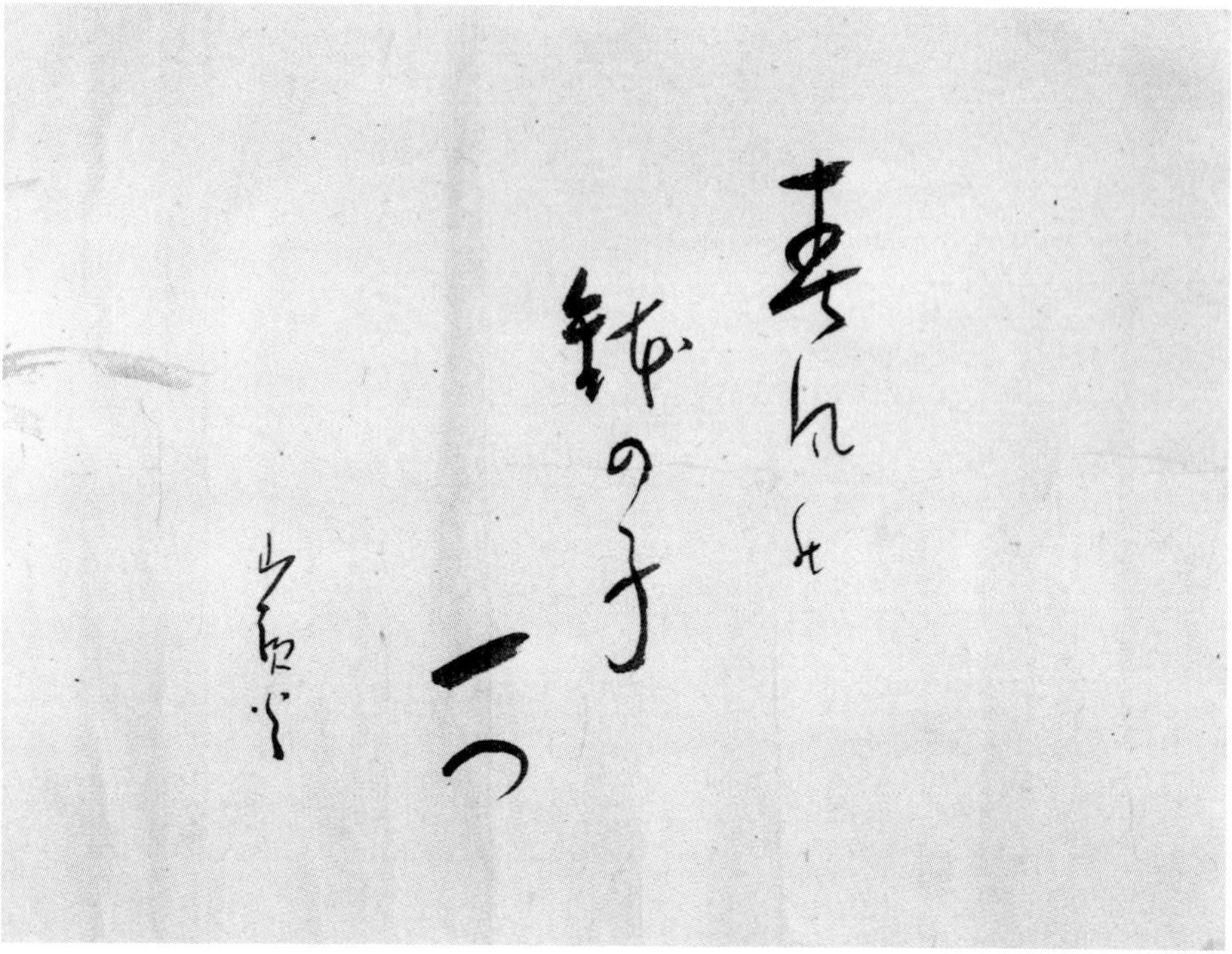

春風の
鉢の子
一つ
山頭火

終焉の地、松山市・一草庵に建つ同句句碑

鉄鉢と鉢の子は同じものである。山頭火の「鉄鉢の中へも霰」は冬の句であり、掲出句は春の句。厳冬には鉄鉢で、春風には鉢の子が似合うということか。

　掲出句は昭和八年三月十九日の日記に記されている一句だ。これに続けて、次のような公案を書いている。

「厳陽尊者、一物不将来の時如何。
　趙州和尚、放下着。
　厳――、一物不将来、箇の什麼《しいも》をか放下せん。
　趙――、擔取《たんしゅ》し去れ。」

　厳陽尊者は「何も持ってきていないのに、どうすればよいのか」と問う。趙州和尚は「捨てよ」と命じる。厳陽は改めて「何も捨てるものがないのに、何を捨てるのか」と問う。趙州は「それなら担いで持ち去れ」と怒ったという。

　山頭火も無一物を望みながらも、捨て切れないでいる〈鉢の子一つ〉をどうしたものか。答えが出せないままの作句であったようだ。

　書は昭和十一年五月、旅中での揮毫。気分は上々であった。

こころ
すなほに
御飯がふいた
山頭火

「こころすなほに」と「御飯がふいた」の間には切れがある。前句の末尾に付く格助詞〈に〉の作用によって、後句の〈ふいた〉を修飾する。けれど〈こころすなほ〉と御飯が噴くことの間に、意味的に直接の関係はない。ために切れがあると考えるべきだが、心理的には納得がいき一句を成り立たせている。

　山頭火は托鉢するときの心すなおさを、行乞相という言葉で表現する。たとえば昭和五年十一月七日の行乞日記には、次のように書く。

「今日の行乞相も及第はたしかだ、行乞相がいゝとかわるいとかいふのは行乞者が被行乞者に勝つか負けるかによる、いひかへれば、心が境のために動かされるか動かされないかによる、随処為主の心境に近いか遠いかによる」

　行乞も炊事も根本においては同列と考える山頭火にとって掲出句は随処為主の心境を詠んだ一句か。昭和八年六月十五日作。

　書は句友久保白船の石榴《ざくろ》の絵に賛した、最晩年のものである。意気投合した空間が快い。

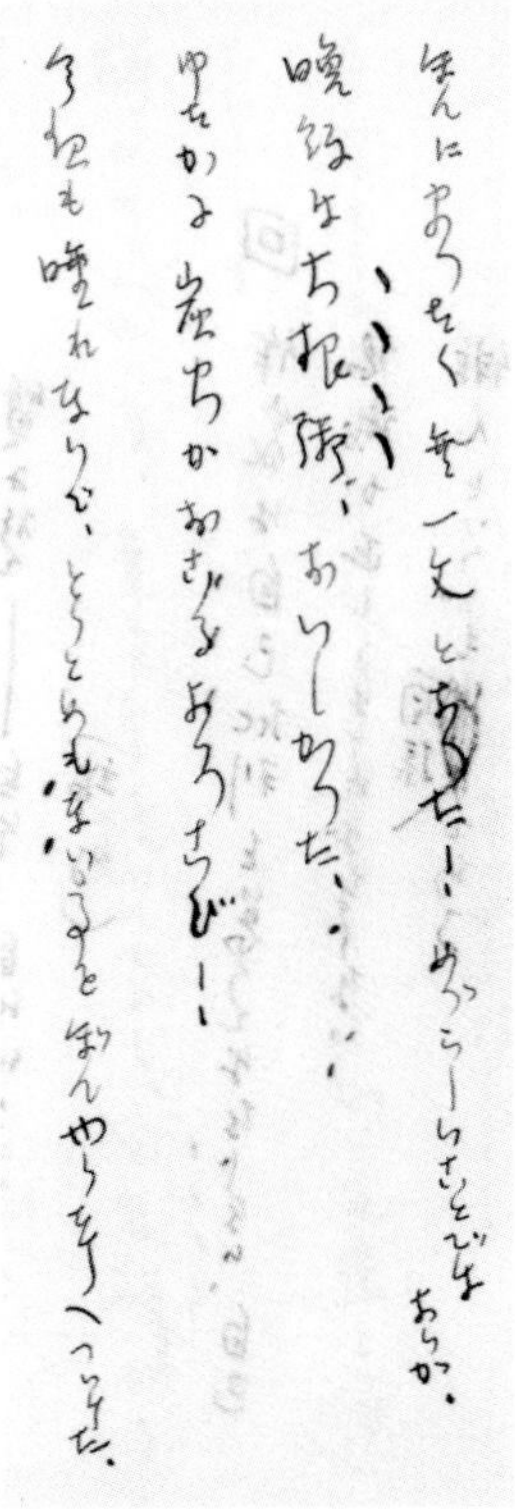

ほんにまつたく無一文となつた！　めづらしいことではないが。
晩飯は大根粥、おいしかつた、
ゆたかに炭火がおこるよろこび！
今夜も睡れないで、とりとめもない事をぼんやり考へつゞけた。
（「其中日記」昭和11年12月14日）

ながい
毛が
しらが
山頭火

しらがの長さでいえば、唐の詩人李白の「白髪三千丈　愁に縁って箇の似《ごとく》長し」というのにはかなわない。これは中国文学特有の誇張的表現だが、それほど老いの迫っているのを驚いているのだ。もっと馴染み深いのは『おくのほそ道』にある「ことし、元禄二年にや、奥羽長途の行脚ただかりそめに思ひ立ちて、呉天に白髪の憾《うら》みを重ぬといへども」のくだりではあるまいか。奥の細道の旅にふっと発足して、遠い呉の地の旅泊にも似た他国の空のもとで、幾多の辛苦に頭髪も白くなってゆく悔恨を重ねることではあるが、と芭蕉は感慨をこめている。

山頭火は昭和八年六月二日、其中庵から北九州へと旅立つ前に、親友の国森樹明に頭髪を刈ってもらっている。長く伸びた白髪を切り捨てての再出発であった。

書は昭和九年二月、飯尾青城子居の画帖に書いたもの。字配りを考えての短律俳句の揮毫として注目すべきだろう。

其中庵で山頭火が独り対座した机

へちまぶらりと
地べたへとゞいた

山頭火

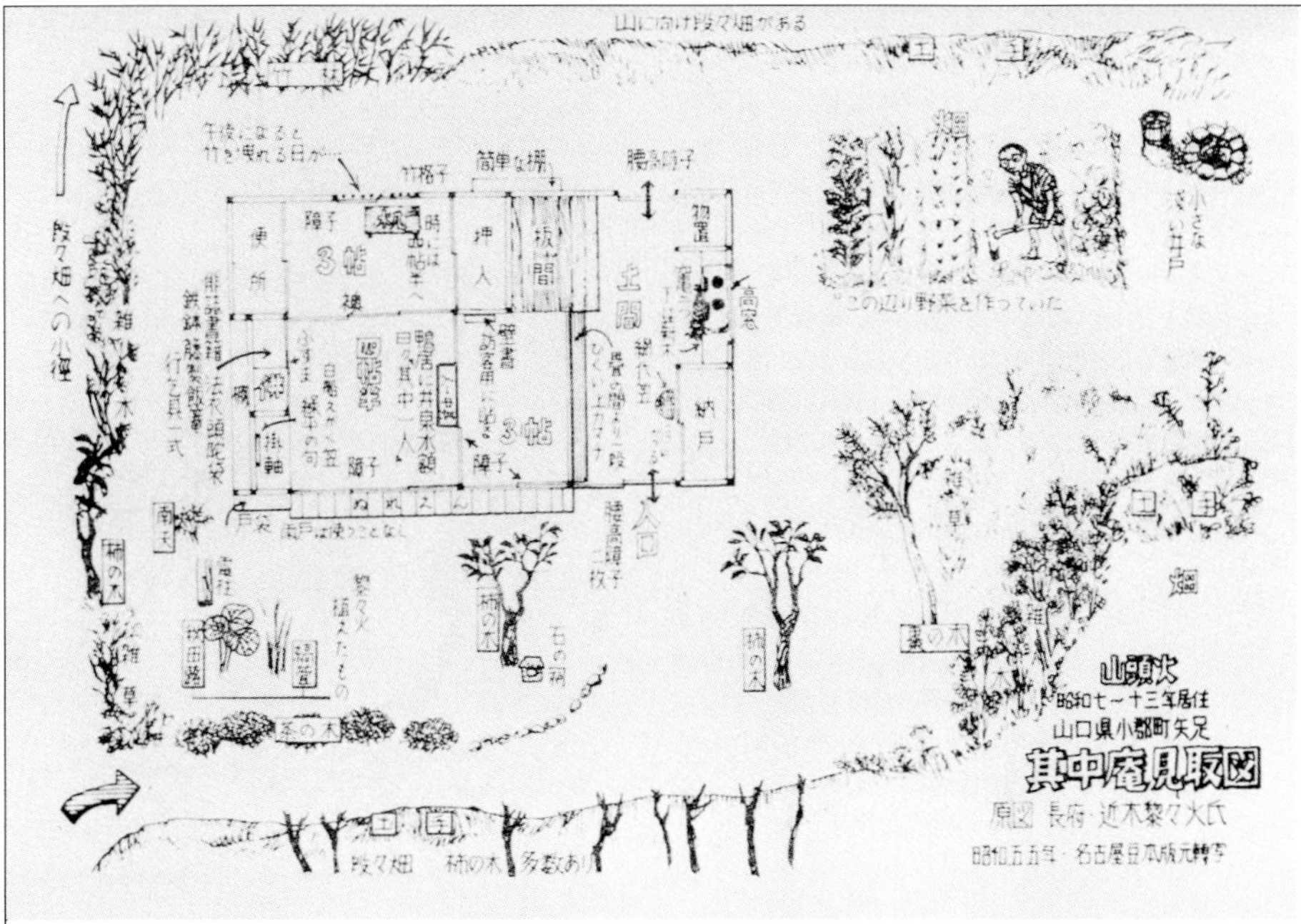

近木黎々火作「其中庵見取図」。栽園の様子がわかる。

とんちの一休さんで知られる一休宗純の歌に、「世の中は何のへちまと思へどもぶらりとなると暮されはせぬ」というのがある。一休のうたうへちまは無用なもの、取るに足りないもののたとえだが、痛烈な風刺が利いていておもしろい。

掲出句の〈へちま〉はウリ科のつる性一年草。果実は円筒形で長さ三十センチから六十センチになる。これがぶらりとたれ下がって、地面にまで届いたというのだ。草庵の庭に栽植して、「糸瓜やうやく花つけてくれた朝ぐもり」などと楽しんできた。一休の歌は批判があるが、山頭火の句は前向きである。悟りきることを徹底というが、地べたにようやく届いて安堵するものがあった。

昭和八年八月七日作。決定稿は「糸瓜ぶらりと地べたへとどいた」である。

書は昭和十四年十月一日、松山に来た初日に揮毫したもの。〈へ〉の字を一本棒とする独特の書きぶりは、山頭火の気合いでもあったか。

黎々火君に

ひろがつてあんたのこゝろ

山頭火

掲出の画賛にはエピソードがある。前書に名のある黎々火は、山頭火にとって唯一の俳句弟子ともいえる人。揮毫した当時の俳号だが、現在は近木圭之介の名で自由律俳句を作っている。昭和八年十月二十一日の手紙で、山頭火は黎々火に次のような失敗談を書き送った。一部を引用してみよう。

近木黎々火（右）と山頭火

「いつぞや、あなたと山から持つてかへつて植えた萩ですね、あれが五本、根づいて咲いて散りました、そしていつぞやの半切——白船えがく、山頭火うたふ——は私がまた書きそこないました、それで私から白船君に願つて、書き改めて貰つてあげますからしばらくお待ち下さい、それはかういう半切でしたが——

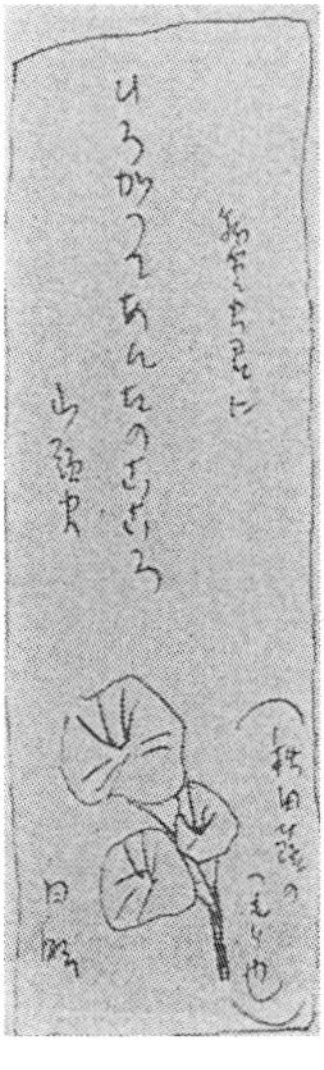

あはてもののそそつかしやだから、裏に書いてしまつたのです、ウラメシイとシヤレルことも出来ませんね。」

いまとなっては珍品。久保白船は山頭火と旧制山口中学生時代から親交、一緒に俳句もはじめている。絵もよくし、他に山頭火画賛の軸もかなり遺っている。

みよしあとの
ぞ浜に
つく

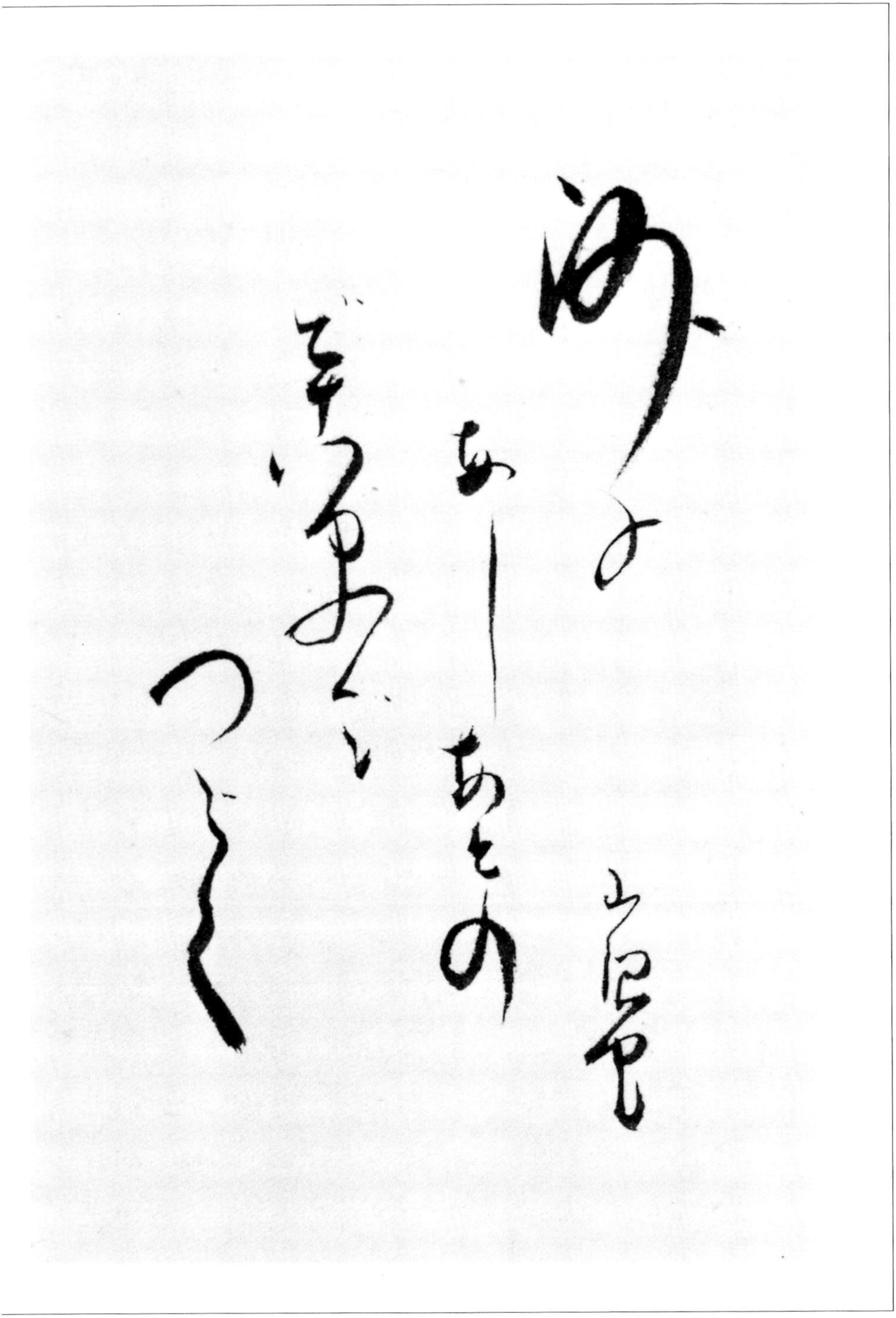

神湊・隣船寺の句碑「松はみな枝垂れて南無観世音」

沙に
あしあとの
どこまで
つづく
山頭火

福岡県宗像《むなかた》郡玄海町神湊《こうのみなと》に所在する隣船寺には山頭火の句碑がある。住職の田代宗俊和尚と山頭火は親友で、昭和八年秋に建立したものだ。生前の句碑はもちろん一つだけで、「松はみな枝垂れて南無観世音」の句が刻まれている。

隣船寺から数分歩けば玄界灘に面した砂浜に出る。宗像神社の外港だったから神湊と呼ばれたという。掲出句は神湊海岸で詠んだ一句。句も書も最晩年のものだが、沙に足あとは自らの境涯と任じている。ひとたび波に洗われれば足跡は消えて一面の砂浜。句もそこで切れて、そうした歩みが〈どこまでつづく〉のかと、過去と将来の交錯した詠嘆となる。

沙と砂は同じだが、前者は水＋少の会意で水中の小さな粒、後者は石＋少でニュアンスの違いはある。日記には「砂にあしあとのどこまでつづく」と記す。

死をまへに
やぶれたる足袋をぬぐ

山頭火

時に死を想う独居とはいえ、其中庵にはぼつぼつ訪う者もあった。写真は其中庵句会に招かれた井泉水と山頭火（左が井泉水、昭和8年11月）。

自殺が名誉ともてはやされる時代は過ぎた。昔は殉死とか切腹といった制度的な自殺もあったが、山頭火のころはどうだったか。母も弟も自殺していたし、彼自身も死に馴れ親しむような一面があった。

いつでも死ねる草が咲いたり実つたり　山頭火

死をまへに涼しい風　〃

死を恐れているふうはなく、自殺未遂も起している。掲出句もそんなときに成った句か。昭和八年十二月二十七日の日記に記した一句。この句の註記として、「(この句はどうだ、半分の私を打出してゐる)」と臆面なく書いている。けれど筆跡から見ると「どうだ」と念を押すほど自信あるものではない。

山頭火にしてはめずらしく線の細い文字だがリズムと緊張があって秀逸である。揮毫は最晩年のもの。

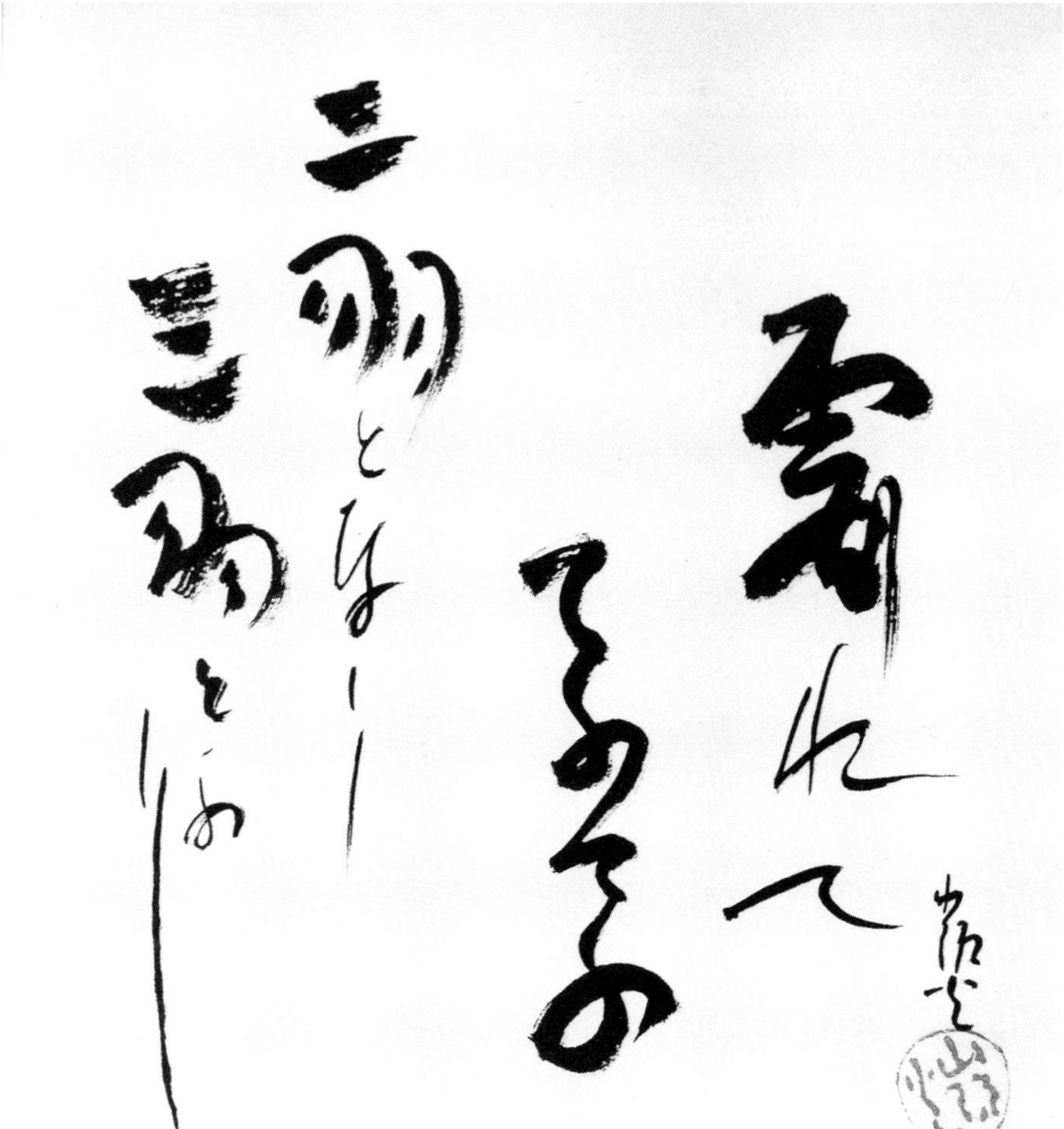

霽《は》れて
てふてふ
二羽となり
三羽となり

山頭火

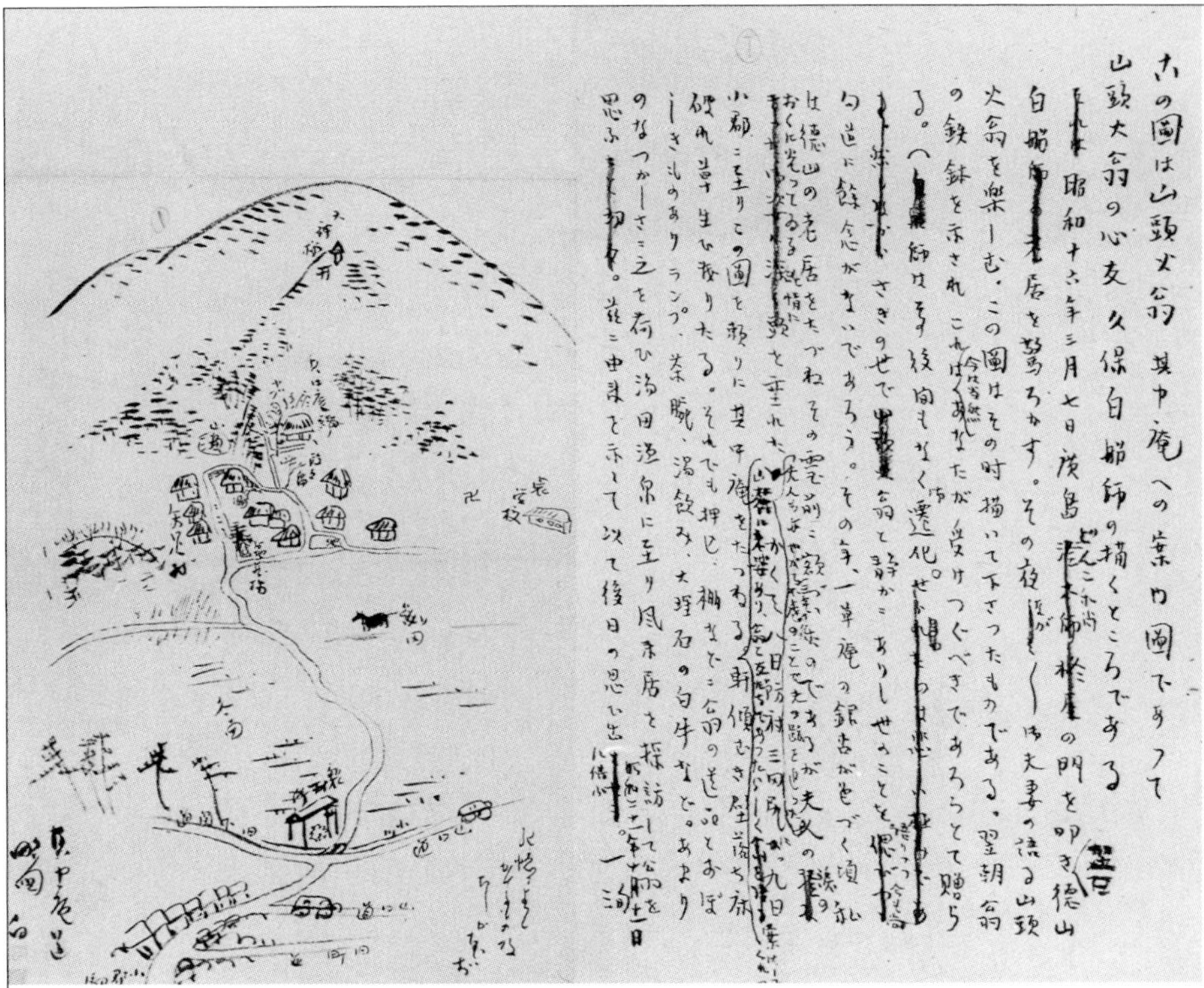

久保白船作「其中庵略図」と高橋一洵の添え書き。

蝶の飛ぶばかり野中の日影かな　芭蕉

天気の良い日中に、花から花へと飛ぶ蝶は春の風物詩だ。蝶を春の季語としたのは俳諧の伝統からだが、見かけるのは春に限ったことではない。掲出句は昭和九年六月四日の日記に書きこんだ一句。

霽れててふてふ二つとなり三つとなり

この表記が決定稿で、蝶を二羽三羽というのは誤りだろう。単なる誤記か酔狂か、どちらとも言えない。また〈てふてふ〉〈てふちょ〉と書き分けた表記もあって、前者の方は蝶々で複数、後者は蝶ちょで単数。いや〈てふてふ〉と書いて単数のこともあるから、臨機応変に考えるべきだろう。掲出句と同時期の作にこんなのもある。

てふてふつるもうとするくもり
しろい蝶くろい蝶あかい蝶々もとぶところ
ま昼の花の一つで蝶々も一つで

書は印が押してあり珍品。印は松山・一草庵時代の支援者である村瀬《むらせ》汀火骨《ていかこつ》が作り、揮毫の後に押したものであろう。

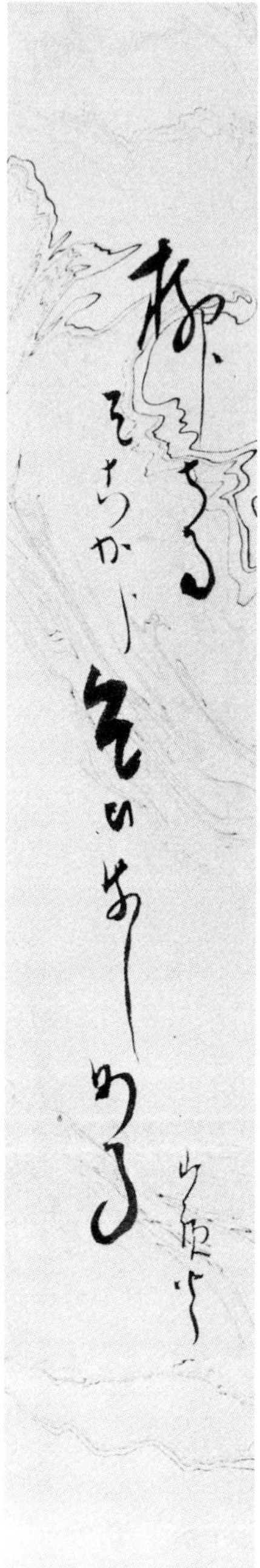

柳ちる
そこから乞ひはじめる
山頭火

行乞僧姿の山頭火

乞食はけっして卑しい行為でないが、鈍すれば堕落して単なる物貰いになってしまう。乞食と同じ漢字を当てても、こちらの方はコツジキではなくコジキと読んで雲泥の差がある。

はたして山頭火の場合はどうだったか。微妙な心理は風に揺られて散る柳の葉のごとくであった。「柳ちる」は秋の季語で、樹木の落葉に先駆けて散る初秋の趣がある。散リ方も一時にぱっとではなく、散リ散らずの景というべき。それは心の逡巡に呼応するかのようで、やっぱリ潔くはなれなかった。

掲出句は昭和八年秋の作。昭和十四年、山口湯田温泉の風来居を捨て出て行く時は次のように作っている。

柳ちるいそいであてもない旅へ　　山頭火

柳ちるもとの乞食になつて歩く　　〃

書の年代は明らかでないが、昭和十一年ごろのものか。

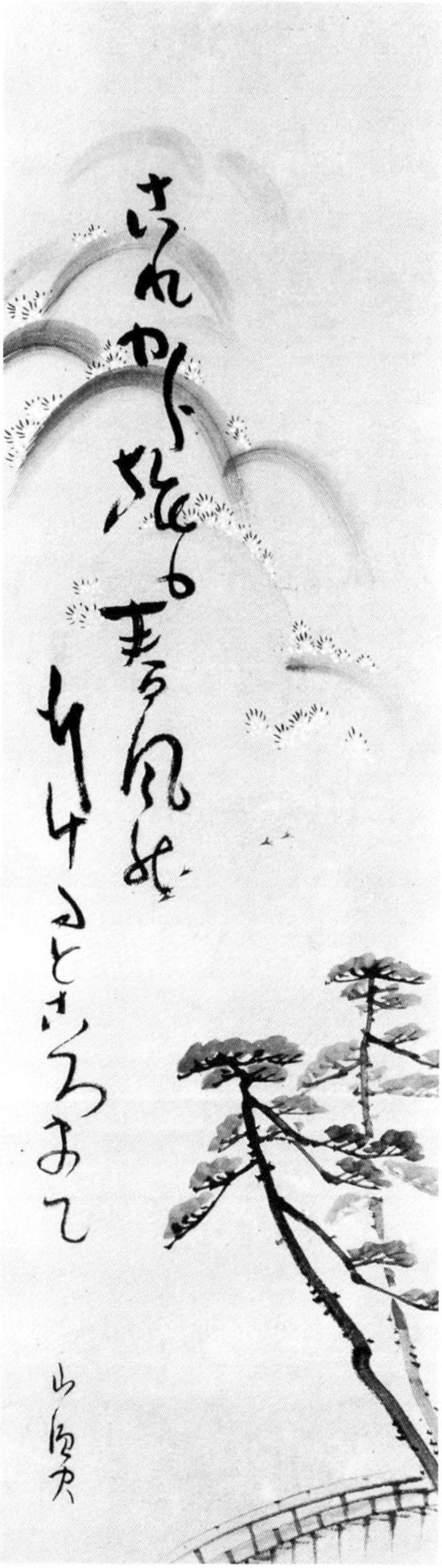

これから旅も春風の
行けるところまで
山頭火

昭和9年3月、旅の途上の山頭火（広島県牛田町牛尾酒醸前にて）。

春になって吹く風には、のどかな軟風もあり疾風ふきすさぶ時もある。けれど春風のイメージは駘蕩《たいとう》たるおだやかな風だ。一茶の句には「春風や女も越ゆる箱根山」というのがある。山頭火にも春風とともに越えて行こうとする遙かなる思いがあった。

昭和九年二月十四日の日記には「春風よ、吹きだしてくれ、私は鉢の子一つに身心を托して出かけやう、へうへうとして歩かなければ、ほんたうの山頭火ではないのだ！」と書く。いよいよ出立したのが二月十九日。「まことに久しぶり行乞の旅である、絡子《らくす》をかけることを忘れたほど、あはてゝいそいだ（これは禅坊主として完全に落第だ！）。」と記す。絡子は禅宗で用いる袈裟の一種。同日の作には、

　　春がきた水音のそれからそれへあるく

書は飯田で病んで帰庵する昭和九年五月以後のもの。其中庵のある小郡で揮毫。

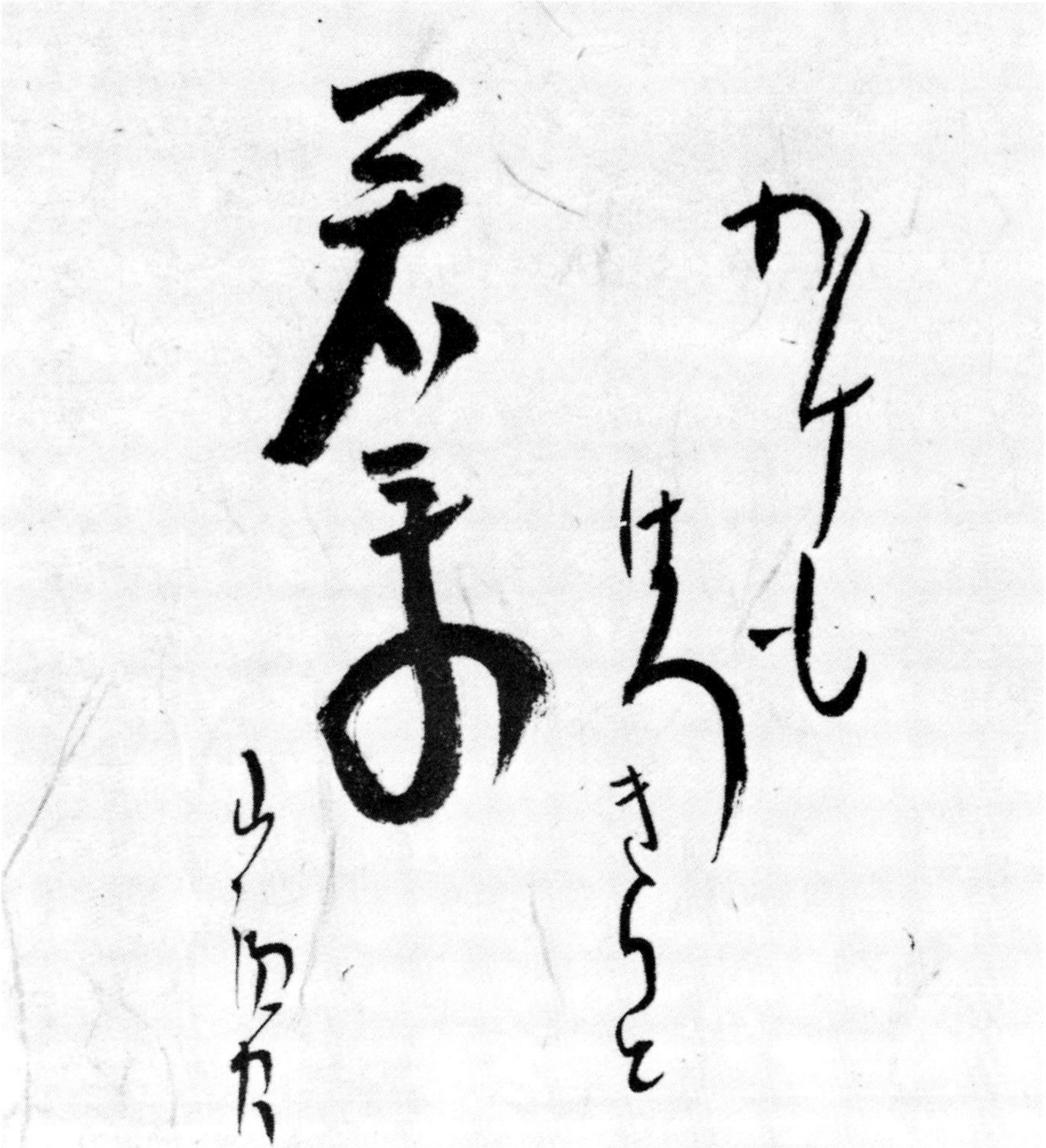

かげも
はつきりと
若葉
山頭火

幕末・明治期の漂泊俳人井上井月の面影（下鳥空谷画）。昭和9年春の東上の目的は、山頭火がこよなく慕った井月の墓参（信州伊那谷）であった。しかしこの旅は、途中木曽の峠越えで雪にあい病に倒れ、断念することになる。

いつごろからか「存在の世界」というものに、山頭火は関心を示すようになっている。自己の存在をめぐってと同時に、自己を取り巻く自然の有り様に対する興味でもあった。それを比較的明解に書いているのは、「昭和九年の秋」と記す折本第三句集『山行水行』のあとがきにおいてであろう。

「在るべきものも在らずにはゐないものもすべてが在るものの中に蔵されている。在るものを知るときすべてを知るのである。私は在るべきものを捨てようとするのではない、在らずにはゐないものから逃れようとするものではない。」

こんな心境を綴る山頭火の眼を通して、若葉の存在を素直に見て詠んだのが掲出句であろう。〈かげ〉はすがた、かたちの意。それが〈はっきり〉と見えたというのは自身の内面とも深く関係する。

書は〈若葉〉の字を強調しているのが印象的である。昭和十三年初夏に揮毫。

うれしいことも
かなしいことも
草しげる

山頭火

昭和9年4月、愛知県津島の句友池原魚眠洞とその家族と野遊びする山頭火

茂は夏の季語で、一茶は「大蛇の二日目につく茂りかな」などの句を作っている。特に草をいう場合は、場所いっぱいを占めて密に生え伸びているさまだ。

草はしげるがままにしておくのがよい、というのが山頭火の日ごろの考えであった。人為を加えるべきではないという態度は一貫したもの。これに対して、人間の哀楽はくるくる変化して取り留めがない。

山頭火は其中庵の周囲に茂る雑草を見ながら、心おちつけようとする日々もあった。「存在の世界。それを示現するものとして私の周囲に雑草がある」などとも書く。

書は、昭和十四年十月、松山に来た当初に揮毫。

ひとりひつそり
竹の子竹になる

山頭火

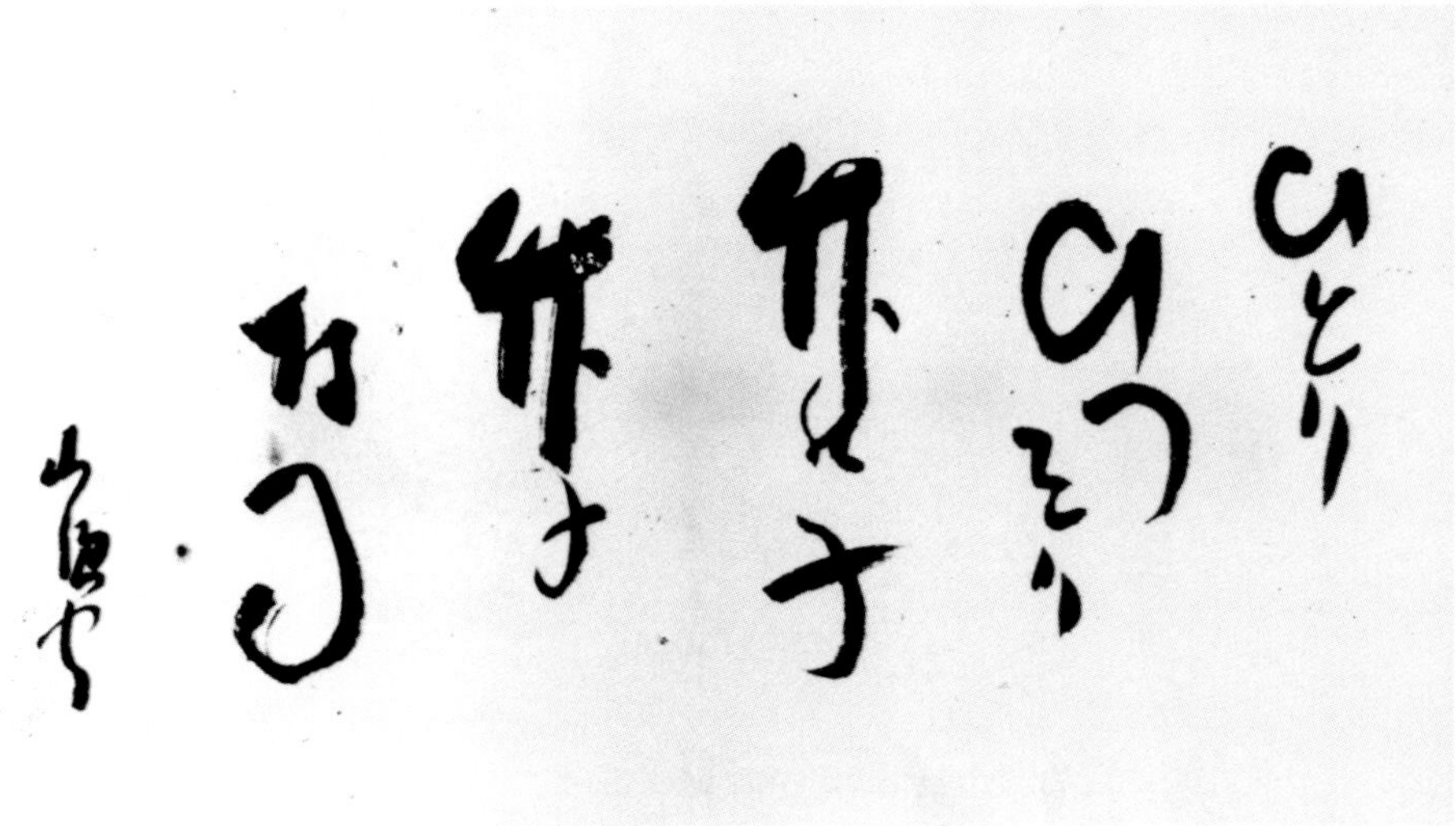

ひとりひつそり竹の子竹になる　山頭火

掲出の句を作ったのは昭和九年七月一日。日記には「筍を観てゐると、それを押し出す土の力と、伸びあがるそれ自身の力とを感じる。」と書いている。

竹の子を見ても、それを自分とひき比べている。〈ひとり〉という擬人法の措辞によっても明らかだが、彼自身の自力について考えているのだろう。山頭火は自力が主眼の禅門で悟りをひらこうと努めている。そのために竹の子が育つにつけても、つくづく考えることが多かったようだ。

書は二点とも最晩年の松山時代のもの。どちらも力強いが、縦軸と横軸では文字配置に工夫があり遊び心も窺える。

空へ
若竹の
なやみなし

山頭火

少年時代の山頭火（右）

なんとなく希望にあふれる、青春謳歌の一句である。かつての幼なじみの家に立ち寄ったとき、よろこんで揮毫したのが掲出句であったという。わたしはその遺墨を見たとき、山頭火は少年時代を若竹に託して顧みたのではないか、と直感した。

家庭的には不幸が重なっていたが、学業成績の方は優秀であった。地元の三年制中学は首席で卒業。県下一の名門校である山口中学を経て早稲田大学の前身、東京専門学校高等予科へ入学。やがて開学の早稲田大学は第一期生で、坪内逍遙らから新しい欧米の文学を学んでいる。

当時としてはエリートで、文学者として将来を嘱望されることもあったようだ。そんな若き日の夢が脳裏をかすめることもあった。

書は昭和十三、四年ごろか。色紙の空間をうまく考えたリズムある文字だ。

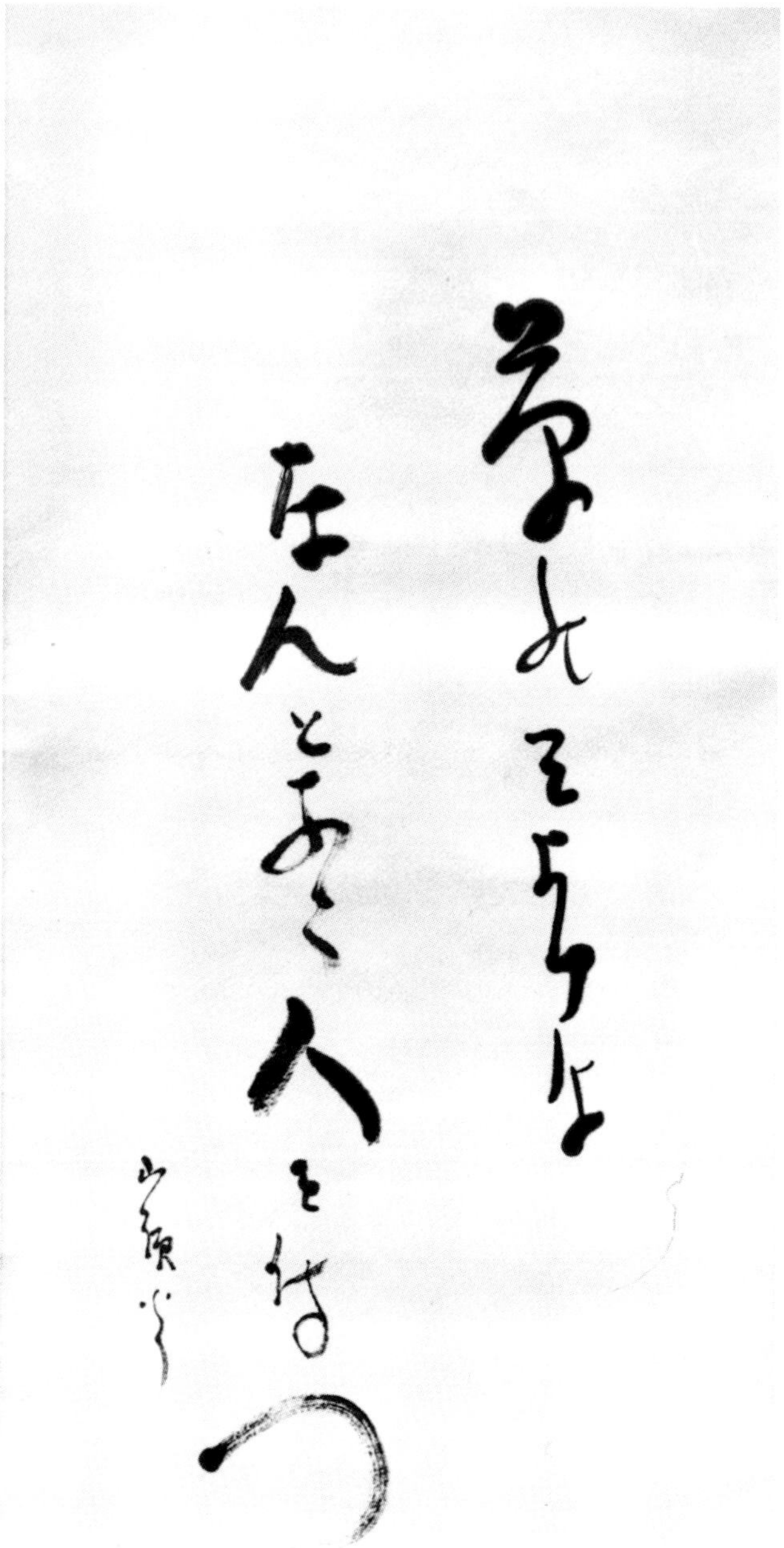

草のそよげば
なんとなく人を待つ

山頭火

風は寂しさをつのらせる。吹く風にそよぐ草は、まるで心の動揺を映すかのごとくであった。掲出句は昭和十年八月十九日の作で、当時の日記には「八月十日を転機として」など気がかりな語句を記している。
八月十日を「第二誕生日、回光返照」などとも書いている。実は睡眠剤のカルモチンを多量に服用して自殺を企てたのだ。未遂でおわったが、心身ともに衰弱していた。自力での立ちなおりが出来なくて、しきりに手紙を書き続けるうちに成った一句のようだ。

人間は弱い。フランスの数学者であり哲学者であったパスカルは遺稿『パンセ』の中で、そのことを説く。人間は自然界のうちでも一番弱い一本の葦のような存在だが、「人間は考える葦である」と逆説的に偉大さを強調。山頭火も考える一草であることを心がけるが、挫折の印象の方が目立つ。句集『草木塔』での決定稿は、

草のそよげば何となく人を待つ　山頭火

書の揮毫は昭和十一年。

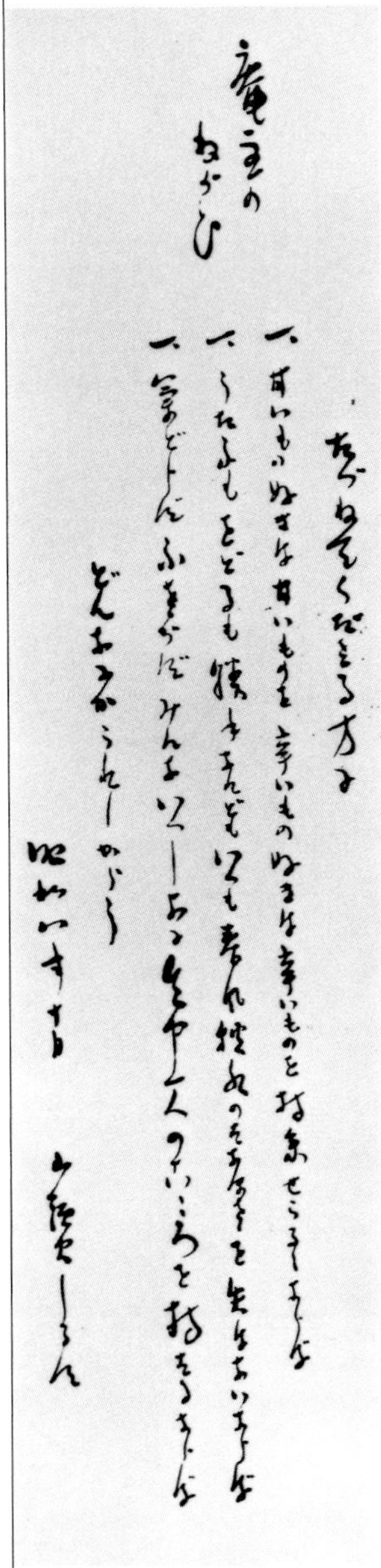

庵主のねがひ　たづねてくださる方に
一、甘いもの好きは甘いものを辛いもの好きは辛いものを持参せらるゝならば
一、うたふもをどるも勝手なれどもいつも春風秋水のすなほさを失はないならば
一、気どらずふさがずみんないっしょに其中一人のこゝろを持たるならば
どんなにかうれしからう
昭和八年十月　山頭火しるす

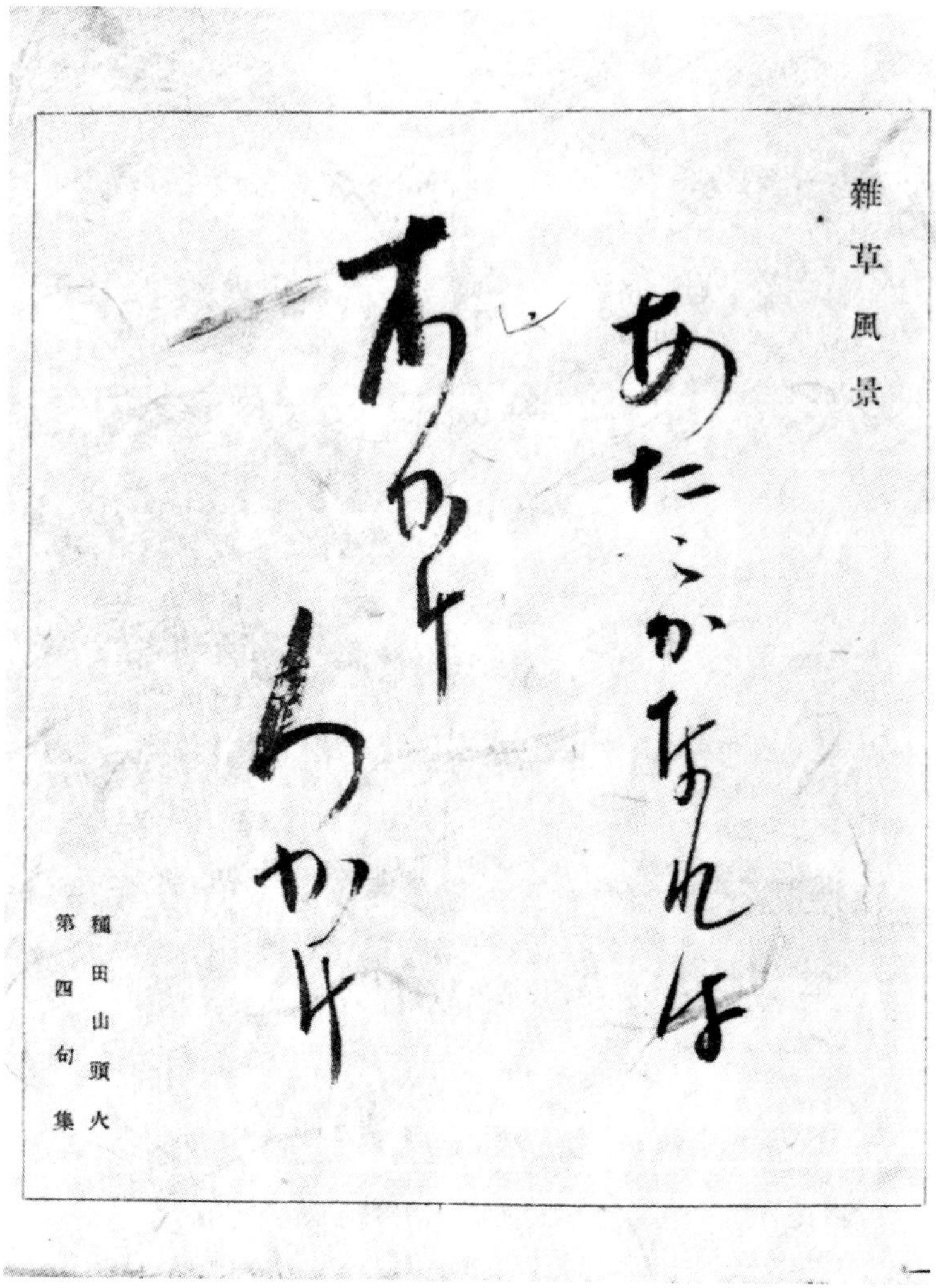

あたゝかなれば
木かげ人かげ
山頭火

其中庵の前庭にうずくまる山頭火

寒くもなく暑くもなく、程よいのが〈あたたか〉の意。掲出句は昭和十年一月二十五日の作。その日の天候を日記では「霜晴れ、のどかな日かげ」と記す。日かげは日陰か日影か。ここは後者で、日光、ひざし、ひなたを意味する。

さらに当日の日記には「私は此頃めつきり衰弱して、半病人の生活をしてゐる、そしてさういふ生活が私をしてほんたうの私らしめてくれる！」と書く。彼はこのとき行動の人でなく、静かな傍観者の眼で視線を向けたところに、立ち木があり人の姿を認めている。その眺めは暖かなよい日和だから快適そうだ、と内心浮き浮きしての作だろう。

昭和十一年二月ごろの揮毫。折本第四句集『雑草風景』（昭和十一年二月）の扉に書いたものである。

ひつそりさいてちります　山頭火

生えて伸びて咲いてゐる幸福　山頭火

「ひつそりさいてちります」とは何となく寂しいが、それが本当だと首肯するのも山頭火である。人生は波瀾万丈だが、本人は特に目立つことがしたいわけではなかった。そうならざるを得なかっただけだ。

昭和十年四月十三日の作。その日の日記には「過去一年間の悪行乱行が絵巻物のやうに展開する、――それは破戒無慚な日夜だつた。（中略）一切我今皆懺悔、そして私は新らしい第一歩を踏み出さなければならない。――」と書く。心新たにして謙虚な思いが掲出句となったか。約一年前には次のような俳句を作っている。

生えて伸びて咲いてゐる幸福　　山頭火

書は昭和十一年五月、信州で揮毫したもの。

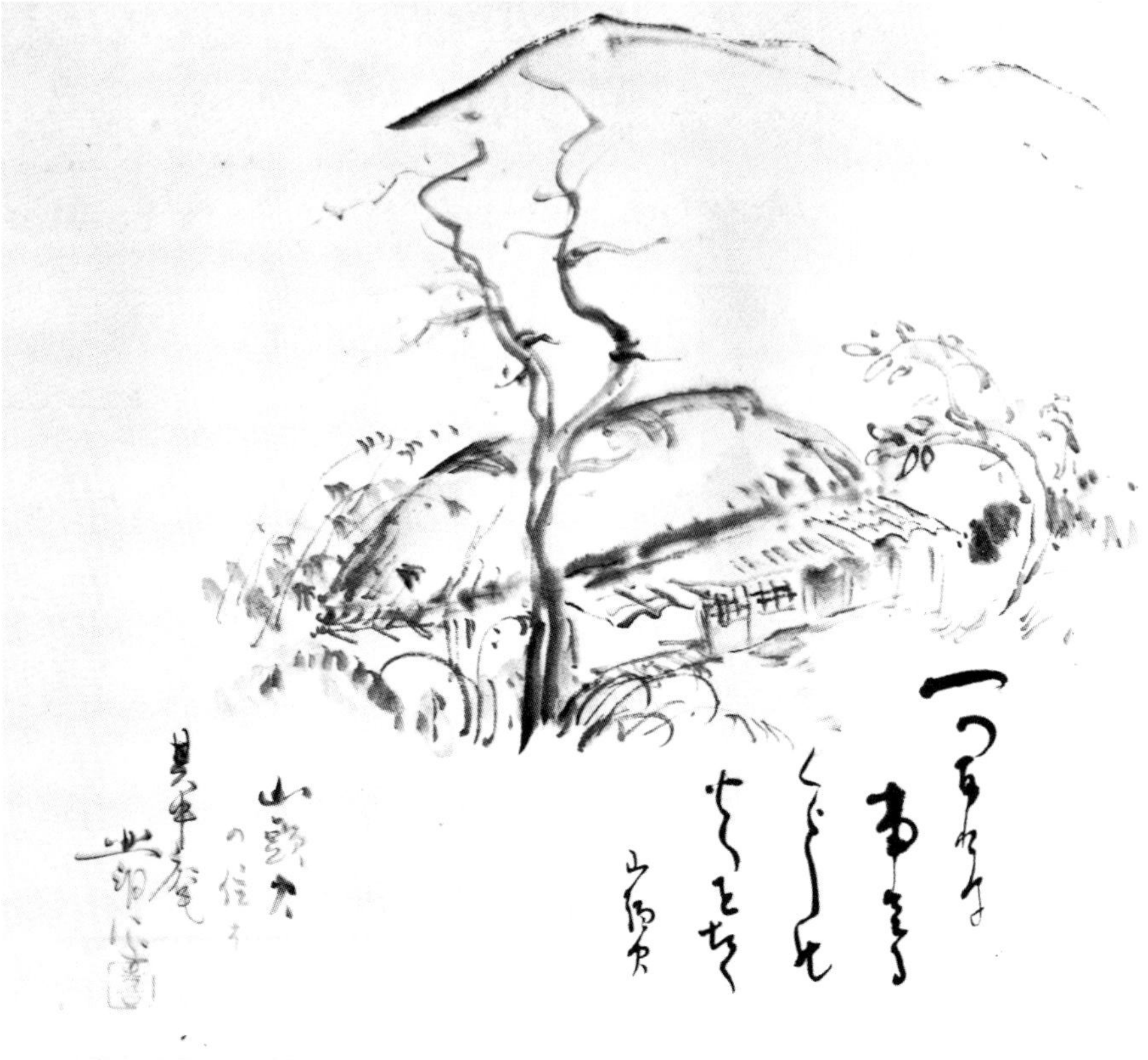

一つあれば
事たる
くらしの
火をたく

山頭火

内島北朗が描く其中庵に、山頭火が画賛を付けたものだ。北朗は京都に住む陶芸家で「層雲」の同人、山頭火とは俳句仲間で其中庵にも訪ねている。

昭和十二年八月発行の折本第五句集『柿の葉』には次のような一句がある。

自戒

一つあれば事足る鍋の米をとぐ

また昭和九年二月十五日作の一句は、

一つあれば事足るくらしの火を燃やす

掲出句は座興の一句だが、どれも味がある。山頭火の日記にはこんな記述があるのも興味ぶかい。

「左手が利かない、身体が何だか動かなくなりさうだ、急いで帰庵することにする」（昭和九年二月二十六日）

「片手の生活、むしろ半分の生活がはじまる。不自由を常とおもへば不足なし、手が二本あつては私には十分すぎるのかも知れない、一つあれば万事足る生活がよろしい。」（二月二十八日）

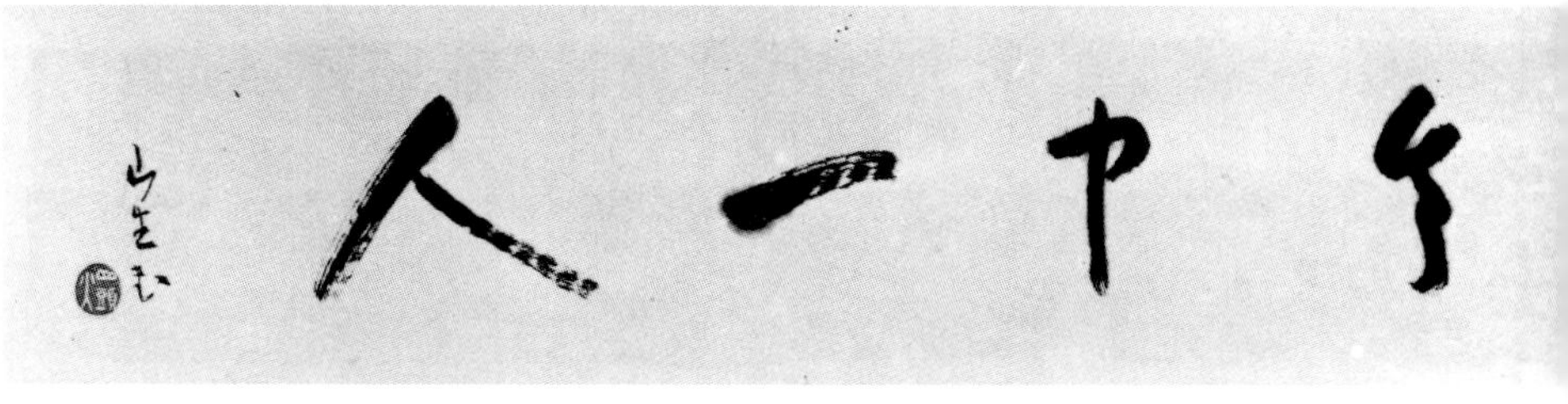

其中一人　山頭火

III

――自殺未遂後（昭和10年8月）～風来居時代（昭和14年9月／56歳）

自殺未遂の余波は容易に収まるものでない。昭和十年も十二月になってから、旅で死に場所を求め東へ向かって出立した。昭和十一年の正月は岡山で迎え、いったん北九州まで西下し三月になって東上する。めずらしいのは船の旅で、大連航路のばいかる丸に乗り門司から神戸に向かっている。

ばいかる丸にて

ふるさとはあの山なみの雪のかがやく　山頭火

大阪、京都、伊賀上野を経て、あちこちの句友たちと交歓し、世話にもなっている。四月に上京し、久方振りの東京を楽しんだ。

ほつと月がある東京に来てゐる　山頭火

花が葉になる東京よさようなら　〃

「層雲」中央大会に出席し、多くの句友たちにも会った。また東京には昔ながらの友達も多く、旧交を温めている。その後は甲州から信濃を経て日本海に臨む新潟へ。ここからは芭蕉が歩んだ『おくのほそ道』を逆に北上し、平泉まで行っている。そのときの作は、

ここまでを来し水飲んで去る　山頭火

死に場所を捜しての旅も引き返して福井の永平寺に至り、そこに五日間参籠して身心脱落。七か月余の長旅から帰り、ようやく落ち着くことが出来た。

昭和十二年には日中戦争がはじまり、遁世をきめこむ時代社会ではなくなってゆく。そのため下関の材木商店で働こうとするが失敗。其中庵にも居づらくなって、昭和十三年十一月には山口県湯田温泉の一隅に仮住まいを見つけて移り住む。近くには詩人中原中也の生家があり、中也の弟たちや周辺の文学青年たちと交わり俗生活に馴染んだ時期でもあった。

昭和十四年三月には井月墓参を果すべく東へ向かって旅立った。一度は失敗し飯田から引き返したが、今度は浜松で時機をうかがい、伊那へは五月三日の満月のころを見計らって訪ねている。念願の墓参も果し、句友の前田若水に連れられて高遠城址へ登っての作は、

なるほど信濃の月が出てゐる　山頭火

湯田温泉の風来居に帰ってからは、俗の生活から離れたいと模索する。彼は「故郷」と題する随筆の中で、「身の故郷はいかにともあれ、私たちは心の故郷を離れてはならないと思ふ」「余生いつまで保つかは解らないけれど、枯木死灰と化さないかぎり、ほんとうの故郷を欣求することは忘れてゐない」と書き、九月末には風来居を解消し四国へと旅立つ。

柳ちるもとの乞食になつて歩く　山頭火

昭和十年（一九三五）　　　　**五十三歳**
十二月六日、死に場所を求めて東上の旅へ出る。

昭和十一年（一九三六）　　　　**五十四歳**
一月、岡山で新年を迎え円通寺参拝。引き返して広島、徳山、八幡、糸田の句友たち、飯塚で長男・健を訪う。

二月二十八日、折本第四句集『雑草風景』を刊行。

三月五日、門司より大連航路の「ばいかる丸」に乗り、神戸へ。大阪、京都、伊賀上野と歩き、伊勢神宮参拝。

四月、鎌倉をへて、五日に東京に出て二十六日には「層雲」中央大会に参加。

五月、甲州路、信濃路を歩き柏原にて一茶の跡を訪ねる。六月には新潟の良寛遺跡を巡り、山形へと北上し仙台をへて平泉に至る。

七月、酒田に出て、日本海沿岸を福井まで西下。永平寺に五日間参籠し、二十二日に帰庵。

（二・二六事件。日独防共協定調印。）

昭和十二年（一九三七）　　　　**五十五歳**
三月、九州地方に行乞に出て、糸田の緑平、熊本のサキノを訪ねる。

八月五日、折本第五句集『柿の葉』を刊行。

九月、転一歩の覚悟で下関の材木商店に就職するが、長続きせず。

十一月、泥酔の無銭飲食。山口警察署に留置される。

（盧溝橋事件を端緒に日中戦争始まる。）

昭和十三年（一九三八）　　　　**五十六歳**
三月、大分地方を行乞しながら句友たちを訪ねる。

七月、山口市で若い詩人たちのサークルと交わり、以後は湯田温泉に遊ぶことが多くなる。

十一月下旬、湯田温泉に仮寓を求めて移り住み、「風来居」と名づける。市井に紛れる生活を望む。

十二月、長男・健が満鉄に入社し、満州に渡る。

昭和十四年（一九三九）　　　　**五十六歳**
一月、折本第六句集『孤寒』を刊行。

三月三十一日、東上の旅に立ち、近畿、東海と旅し、伊那で念願の井月墓参を果たす。

五月十六日、風来居に帰着。

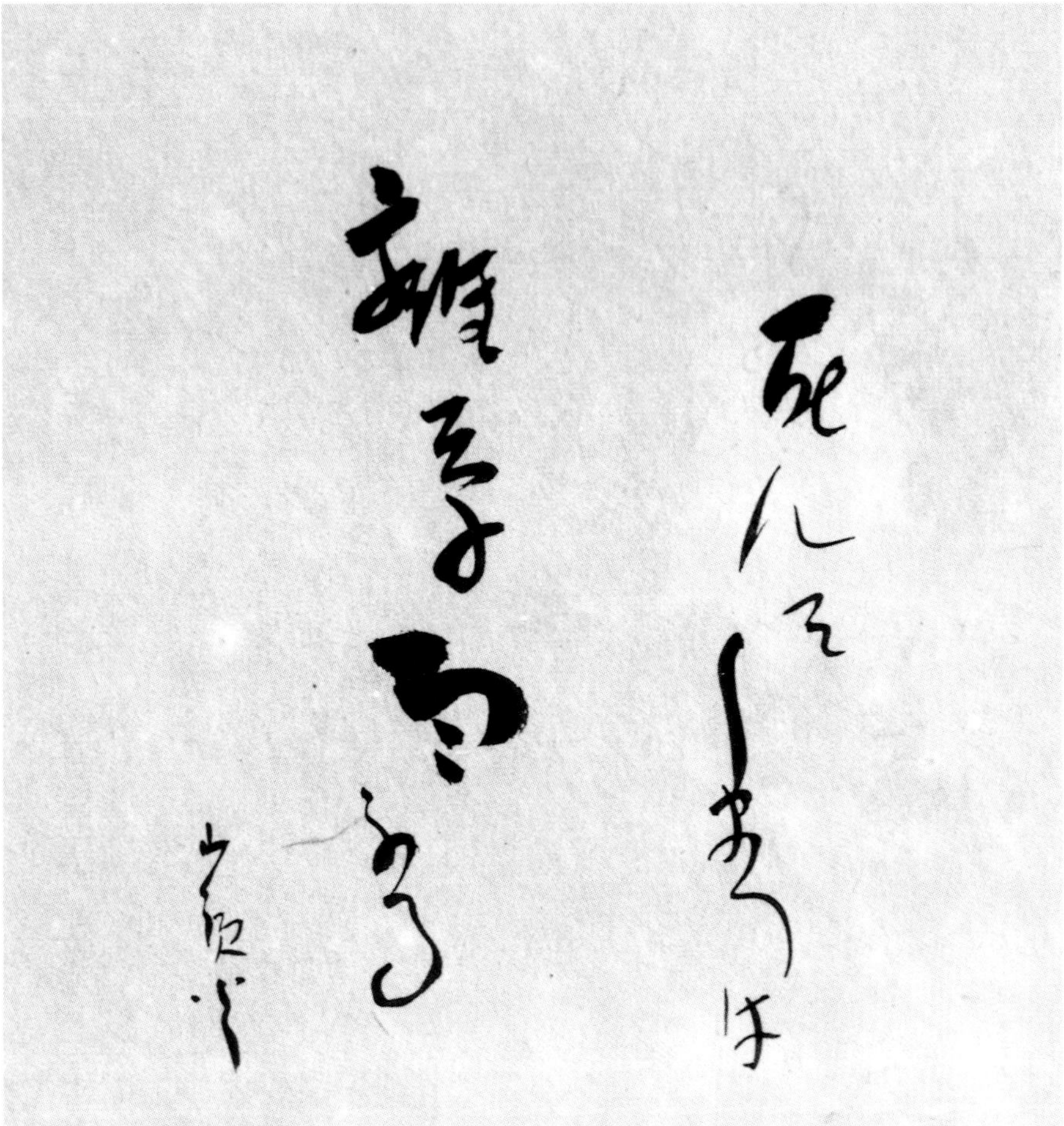

死んでしまへば
雑草雨ふる
山頭火

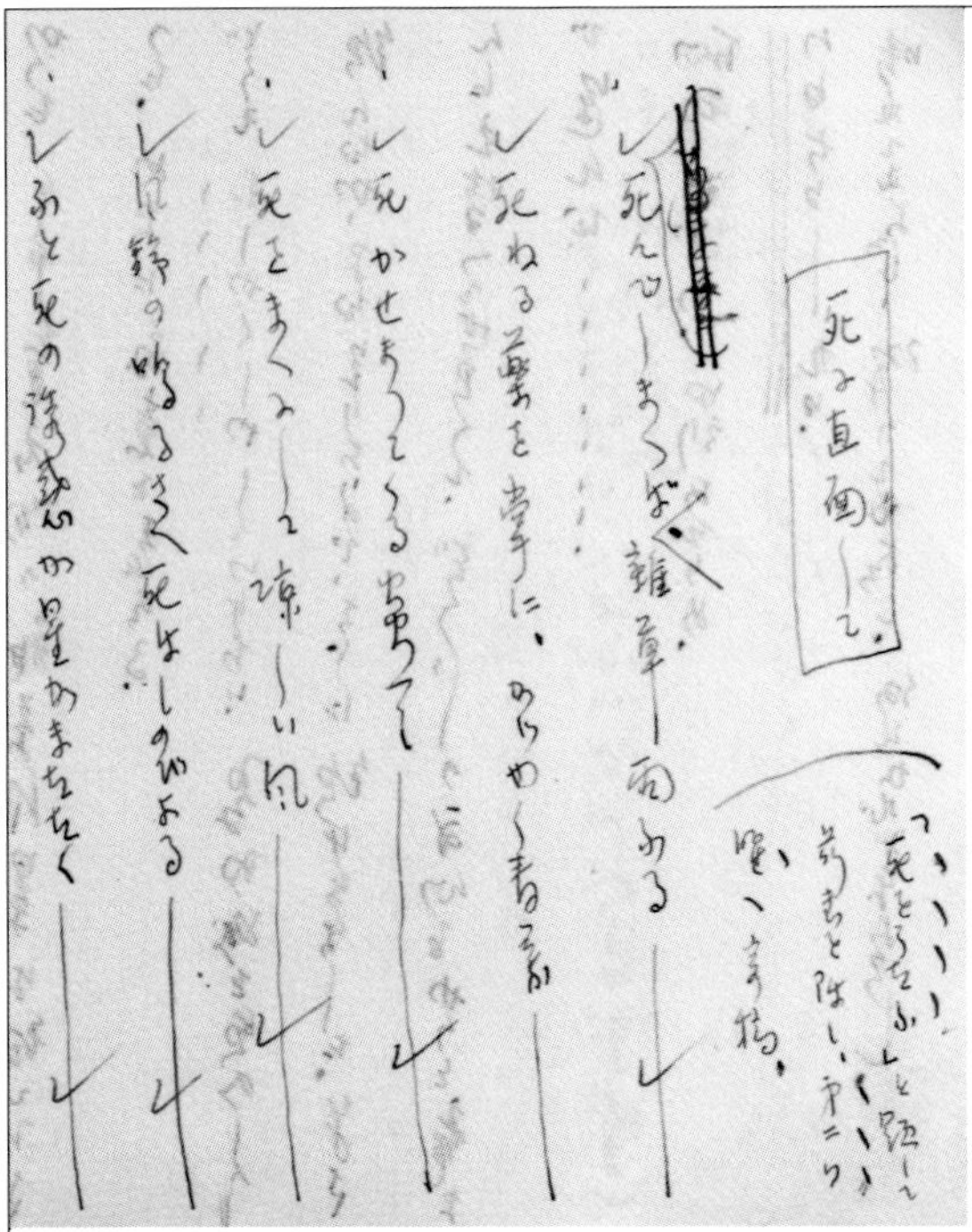

死に直面して
「死をうたふ」と題して
前書を附し、第二日曜へ寄稿。
・死んでしまへば、雑草雨ふる
・死ねる薬を掌に、かゞやく青葉
・死がせまつてくる炎天
・死をまへにして涼しい風
・風鈴の鳴るさへ死はしのびよる
・ふと死の誘惑が星がまたたく
（昭和10年8月10日付日記）

死にたくなって自殺を試みる場合はある。けれど死にそこなってすぐ、その様相を俳句にして発表しようとしたのはどんな神経なのだろうか。「死をうたふ」と題した十一句を俳誌『第二日曜』に寄稿したという。

山頭火の自殺未遂は昭和十年八月五日。カルモチン（睡眠剤）の多量服用だが、庵の縁から転がり落ちて雑草の中で気を失っていた。折から雨が降っていたので、雨にうたれて意識を回復したらしい。

掲出句は発表した十一句中の第一句。初出は「死んでしまへば、雑草雨ふる」と読点が付いている。読点までの前句は、死んでしまえばどうなるのだろうという自問。ここで一旦切れて、自分の生死にかかわらず「雑草雨ふる」と突き放した表現に言いしれない孤独が感じられる。十一句中よりさらに数句を抜き出しておこう。

風鈴の鳴るさへ死はしのびよる
死のすがたのまざまざ見えて天の川
雨にうたれてよみがへつたか人も草も

書は昭和十一年六月、旅中に鶴岡で揮毫したもの。少々気取りのある書である。

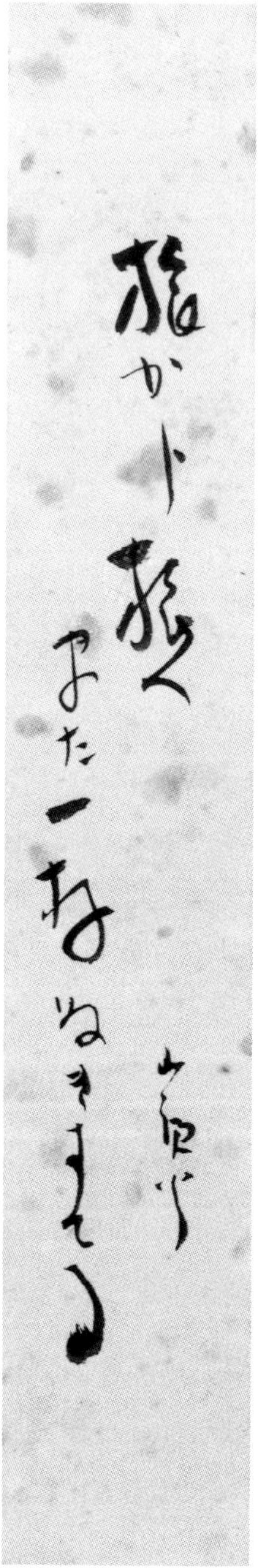

旅から旅へ
また一枚ぬぎすてる

山頭火

自殺未遂後、昭和10年12月から翌11年7月まで、再び東上の旅へ出た山頭火（昭和11年、新潟県長岡市の句友・小林銀汀の写真館で撮影）

芭蕉には「一ツぬひで後に負ぬ衣がへ」という句がある。〈衣がへ〉は冬から春にかけて着用した衣を着かえること。昔は陰暦四月朔日をその日と決めていた。

山頭火に更衣の意識があったかどうか知らない。暑くなればまた一枚ぬぎすてるだけだ。掲出句は即興で揮毫したもの。句集『草木塔』所収の決定稿は、

　　また一枚ぬぎすてる旅から旅

初案は昭和十一年四月、伊豆海岸で成ったものだろう。このときは「一枚ぬぎすてる旅から旅へ」であった。ついでに山頭火のめずらしい旅の一句を紹介しておこう。「わざと定型一句——」の断り書きを付けて、

　　さすらひの果はいづくぞ衣がへ　　山頭火

書も昭和十一年の旅中に揮毫したものであろう。

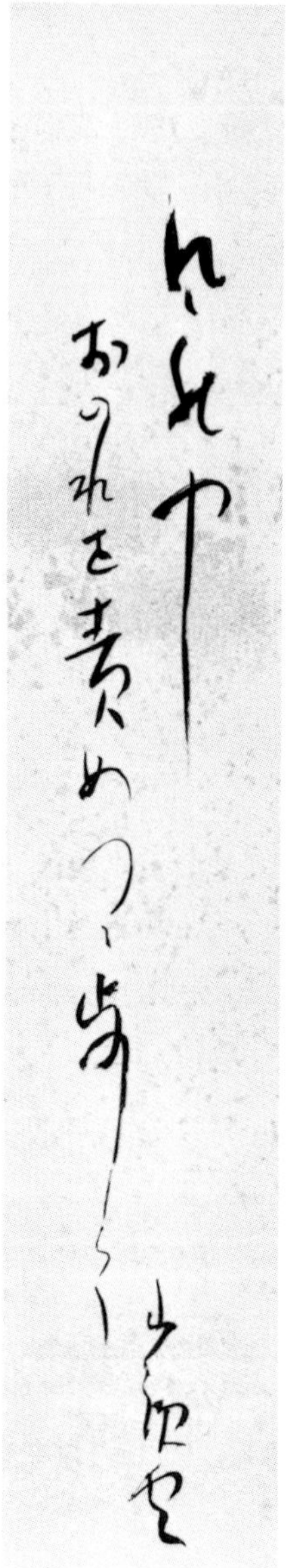

風の中
おのれを責めつゝ歩く
山頭火

六か月に及ぶ長旅の途中の山頭火（昭和11年、鎌倉・長谷大仏前にて）

ものが動けば風が起こり、また風によって動かされるものもある。風は天と地の間にあって方向を示し、あるときは人間を容赦なく従わせようとする。悩むことの多い山頭火には、強引に侵入し破壊的に吹きつけてくる風が苦手であった。

順風満帆のときもあれば、逆風にマストまでへし折られるときもあろう。山頭火が苦境に陥るのは、酒の飲み過ぎが原因の場合が多い。それも破滅的な泥酔ぶりで、とことん潰れるまで飲むのである。

酔いが覚めれば、ひどい逆風に見舞われている。それは逃れられない風で、自業自得と観念して風の中を歩かねばならない。自虐的なその姿を哀切をこめて詠もうとしたか。

書は昭和十一年冬、広島にて揮毫したもの。

晴れて風ふく
ふかれつゝ行く

山頭火

「層雲」創刊15周年記念中央大会に参加して。中央が山頭火、左から2人目が井泉水（昭和11年4月26日、東京築地）

旅する山頭火はめずらしくない。そのうちでも草庵を結んで以後の長旅といえば、昭和十年末から十一年七月までの旅が一番だろう。旅立ちと帰庵のときの句を並べてみるとおもしろい。

昭和十年十二月六日、
庵中独坐に堪へかねて旅立つ

水に雲かげもおちつかせないものがある

七月二十二日帰庵

ふたたびここに草もしげるまま

この間には関西、関東と巡り、山梨、長野、新潟、山形を経て六月には仙台にたどりついている。そして芭蕉の『おくのほそ道』ゆかりの地、平泉まで足を伸ばし、そのころ成った偶感の一句だろう。自選句集には収録していないが、旅先で筆をふるった書で高揚した意気が感じられる。

特に晴れた日の六月の風は気持ちがいい。正岡子規もこんな句を作っている。

六月を奇麗な風の吹くことよ　子規

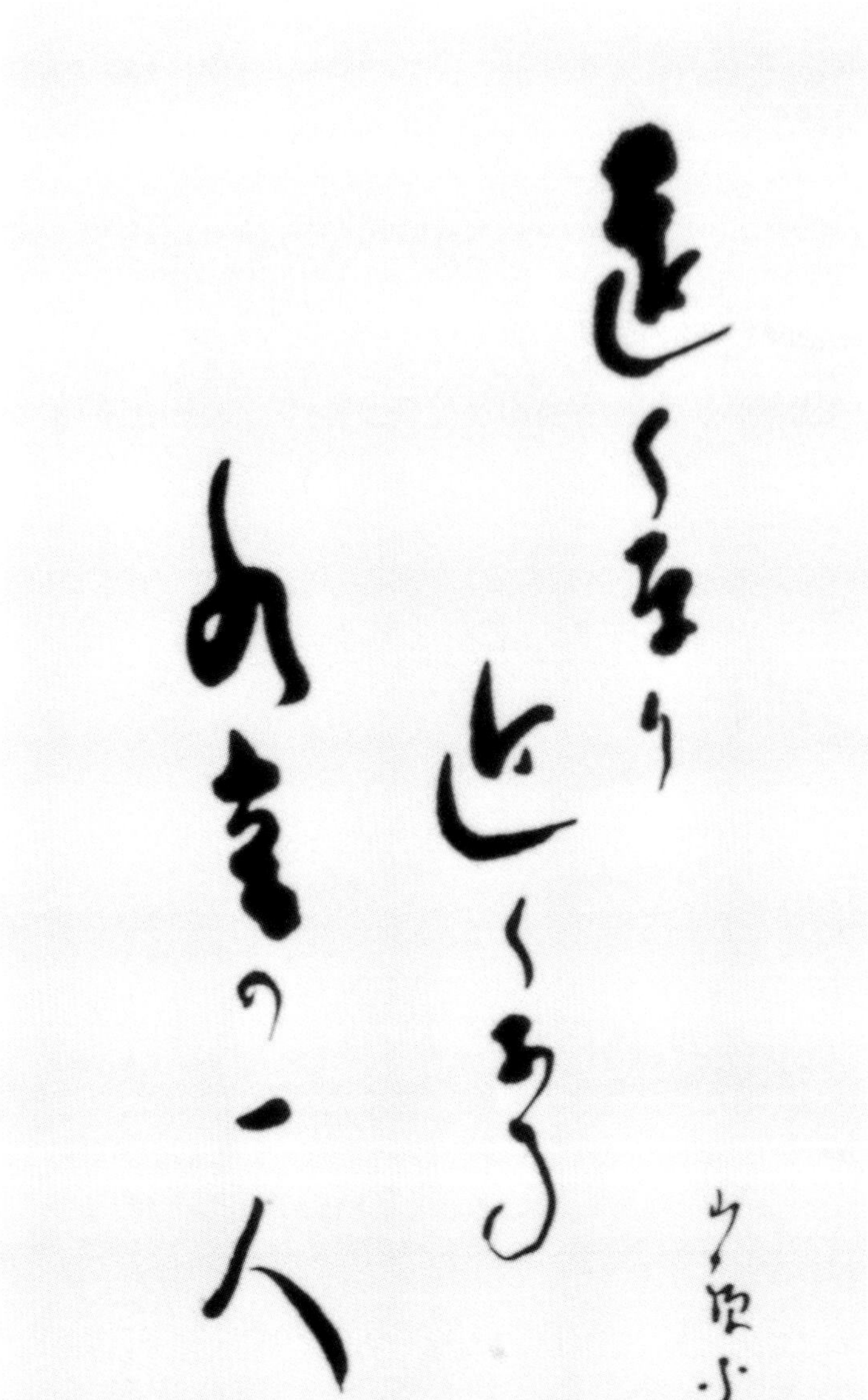
遠くなり
近くなる

遠くなり
近くなる
水音の一人

山頭火

山中を一人で歩いているのである。景色は変わり、あちらこちらに滝や谷水が流れているのだろう。通り過ぎて一つが聞こえなくなると、また新たな水音が近くに聞こえてくる。それは孤独を慰めてくれると同時に、一人の孤独を意識させる音でもあった。

山頭火の旅日記によれば、昭和十一年五月十二日の記述に「旧道碓氷越——（中略）道を踏み違へて（道標が朽ちてゐたので、右へ下るべきを左へ霧積温泉道を辿つたのである）、山中彷徨、殆んど一日」とある。あるいは道に迷っての作か。

旧碓氷峠は中山道第一の天険、群馬県松井田町と長野県軽井沢町の境界をなしている。山中彷徨の後に、佐久盆地の岩村田に住む句友の関口江畔居に寛ぎ揮毫したのが掲出の書。江畔の描く絵に、山頭火が賛したものである。

前頁書画の全図（関口江畔画）

草は咲くがまゝのてふてふ　山頭火

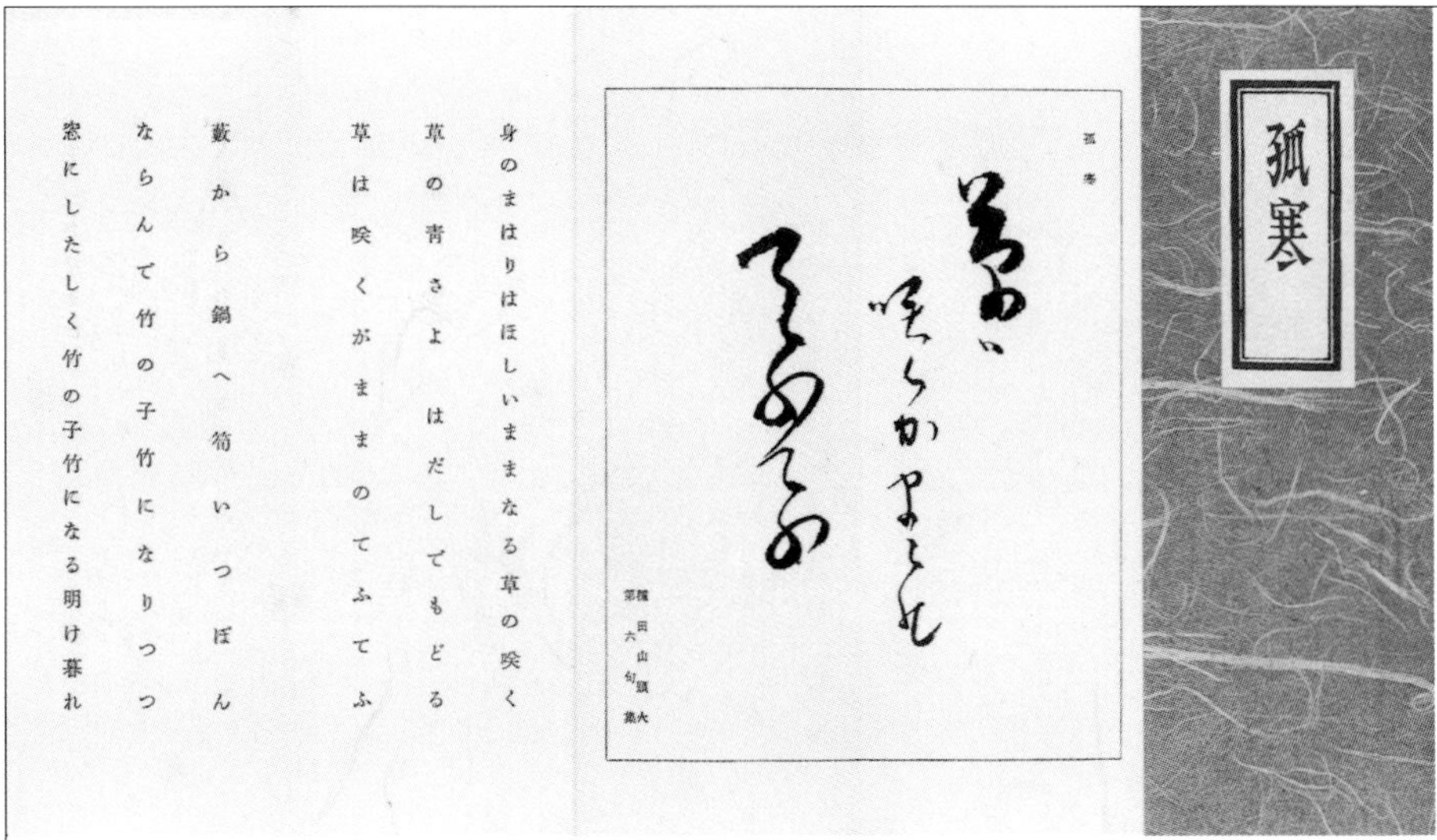
孤寒
身のまはりはほしいままなる草の咲く
草の青さよ　はだしでもどる
草は咲くがままのてふてふ
藪から鍋へ筍いつぽん
ならんで竹の子竹になりつつ
窓にしたしく竹の子竹になる明け暮れ
折本第六句集『孤寒』表紙、扉および同句掲載頁（昭和14年1月25日刊）

折本第六句集『孤寒』（昭和十四年一月）には、「草庵消息」の章に入っている。昭和十二年春ごろの作だろう。其中庵の周囲に生えた草を詠んだ三句中の第三句。前の二句は、

　身のまはりはほしいままなる草の咲く

　草の青さよ　はだしでもどる

〈草の咲く〉〈草は咲く〉は山頭火が好んで使う言葉である。普通は「草が咲く」といわないが、仏教では草木成仏の思想があって草木にも仏性があると考えられてきた。掲出句もその考えにそったもので、また蝶にも仏性があり、草木国土悉皆成仏の平和な仏国土を詠んだものだ。昭和十年には、次のような句も作っている。

　草を咲かせてそしててふてふをあそばせて　山頭火

一筆で続ける〈てふてふ〉に、ちょっと伸びやかさがないが、他に律動的な運筆の書も遺している。

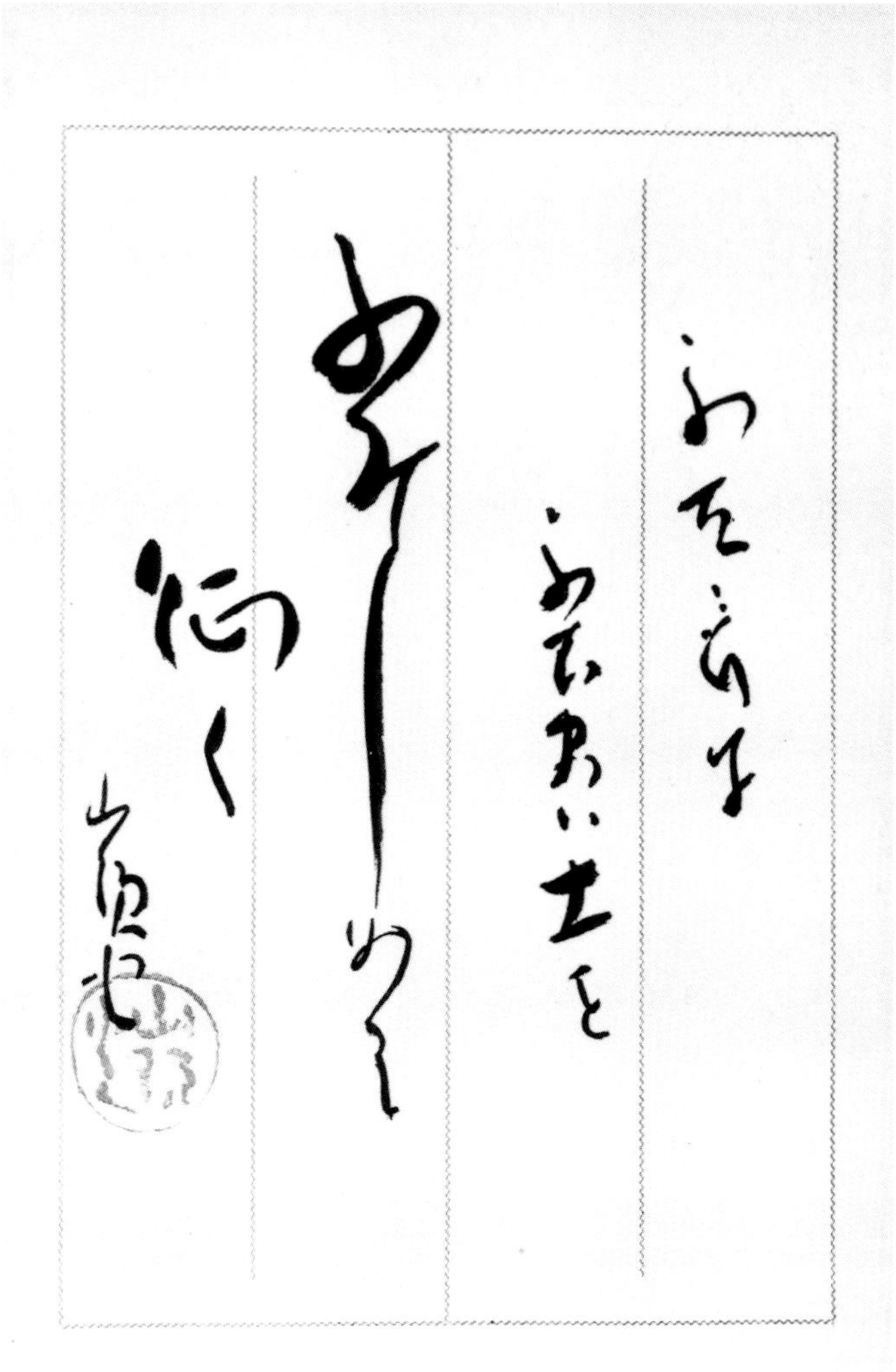

ふたゝびは
ふむまい土を
ふみしめて
征く

山頭火

折本第六句集『孤寒』（昭和十四年一月）の扉には、次のような決意の言葉を掲げている。

天われを殺さずして詩を作らしむ
われ生きて詩を作らむ
われみづからのまことなる詩を

これに続くのが「銃後」の章で、掲出句はそこに収められた二十五句中の一句である。銃後というのは直接戦闘に参加しない一般国民の意。日中戦争で戦地に赴く兵士を見ての作である。〈ふたたびはふむまい土〉とは尋常な表現でない。忠君愛国、御国のために喜んで死ぬると思いこんだ兵士はいたかもしれない。けれど山頭火の場合は埒外である。それだけに醒めた眼で、戦争の残酷さを見つめている。ほかに数句を示してみよう。

みんな出て征く山の青さのいよいよ青く
馬も召されておぢいさんおばあさん
これが最後の日本の御飯を食べてゐる、汗

書は昭和十四年十月、松山に上陸し第一歩を踏み出したころに揮毫したもの。

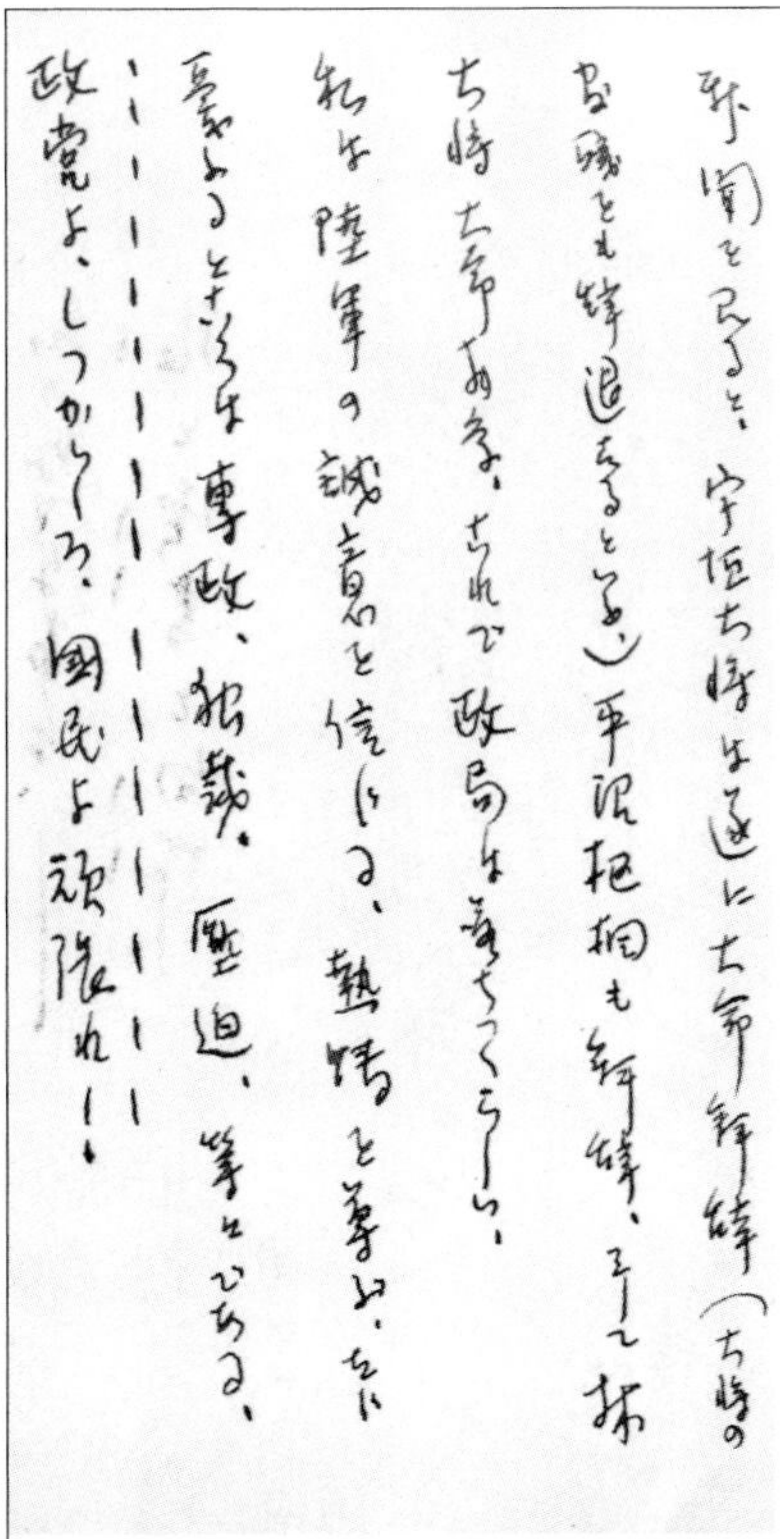

新聞を見ると、宇垣大将は遂に大命拝辞（大将の官職をも辞退するといふ）、平沼枢相も拝辞、そして林大将大命拝受、これで政局は落ちつくらしい、私は陸軍の誠意を信じる、熱情を尊ぶ、たゞ憂ふるところは専政、独裁、圧迫、等々である、政党よ、しつかりしろ、国民よ頑張れ！

（昭和12年1月30日付日記）

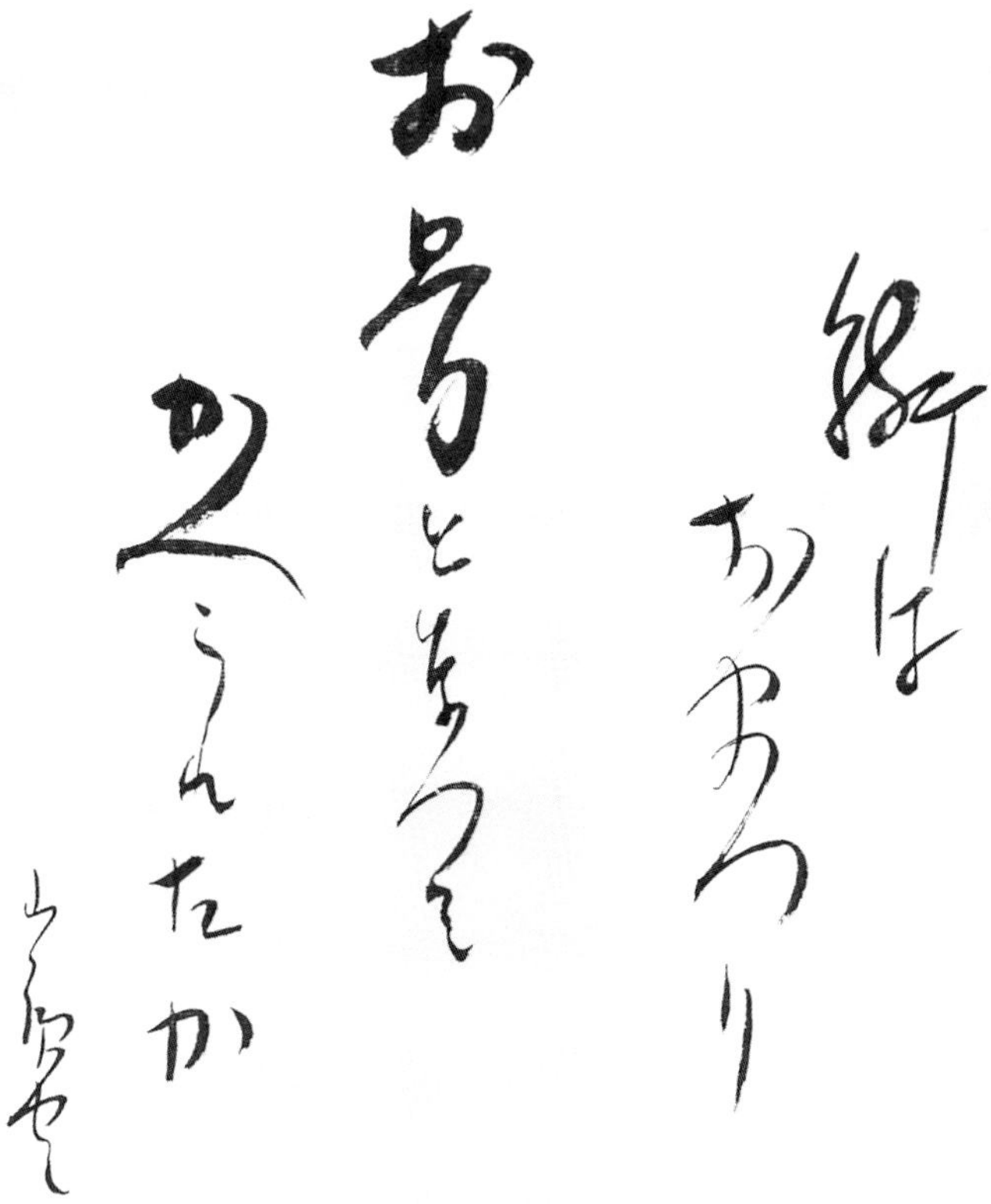

街は
おまつり
お骨となつて
かへられたか

山頭火

(一)C　第一萬八千四百六號　THE TOKYO ASAHI SHIMBUN　（金曜日）　昭和十二年七月九日

北平郊外で日支両軍衝突

不法射撃に我軍反撃

廿九軍を武装解除

疾風の如く龍王廟占據

支那の要請で一時停戦

鹿内准尉戰死す

野地少尉負傷

硝煙の戰線を行く

突如 銃を擬し脅迫

凄絶·砲火耳朶を

已むを

事件の發端となつた蘆溝橋

日中戦争のきっかけとなった蘆構橋事件を報じる記事（東京朝日新聞、昭和12年7月9日付夕刊）

「銃後」の章に収められた一句。戦死した遺骨を迎える句で、この類は二十五句中十句と多い。後の九句も全部引用しておこう。

戦死者の家

ひつそりとして八ツ手花咲く

遺骨を迎ふ

しぐれつつしづかにも六百五十柱
もくもくとしてしぐるる白い凾をまへに
山裾あたたかなここにうづめます

遺骨を迎へて

いさましくもかなしくも白い凾

遺骨を抱いて帰郷する父親

ぽろぽろしたたる汗がましろな凾に
お骨声なく水のうへをゆく
その一片はふるさとの土となる秋

戦傷兵士

足は手は支那にのこしてふたたび日本に

山頭火の視座がどこに据えられていたか分るだろう。戦争を賛美し謳歌した時代に、遺骨となって帰らねばならなかった悲惨を実に率直に詠んでいるのはめずらしい。

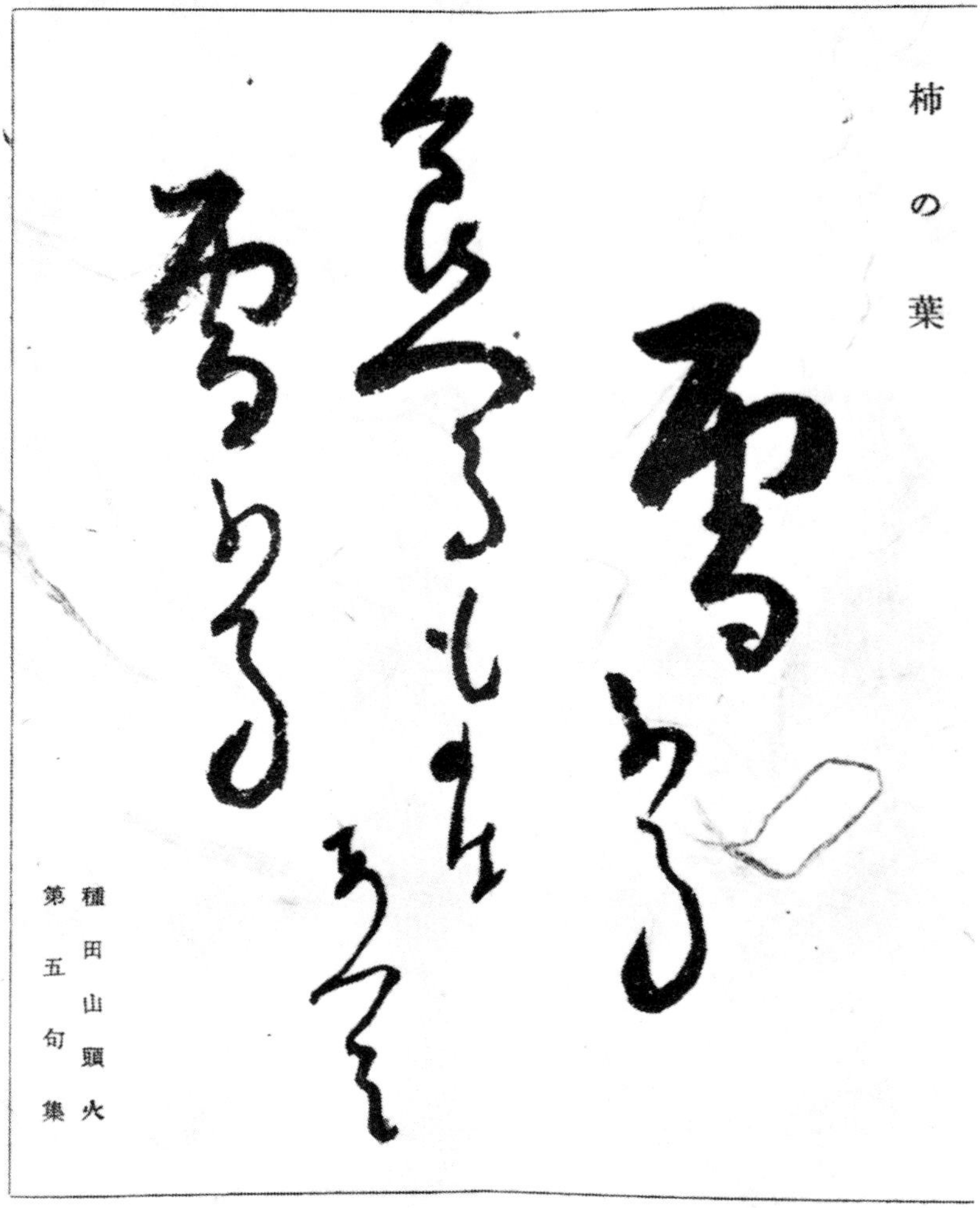

雪ふる
食べるものはあつて
雪ふる

前と後に〈雪ふる〉と自然観象を繰り返して強調。中句はいかにも現実的な生活の無事を詠んでいる。風雅な雪と俗な食とを取り合わせての俳世界だ。

掲出句は昭和十二年冬の句である。そのころの日記に日本の将来はどうなるか、と憂える感想を述べている。詩人は現実から逃避すべきでなく、「現実にもぐりこんで、そして現実を通り抜けるとき詩がある。現実を咀嚼し消化し摂取して現実の詩が生れる」（一月二十八日）などと書く。

ところで山頭火において緊急の現実は、その日の食があるか無しか。二月二日の日記には「在るべきものが――無くてはならないものが――米が炭が石油が在る幸福と喜悦と、そして感謝。私は幸福だ、少くとも今日の私は幸福である。」と書いている。

書は折本第五句集『柿の葉』の扉に揮毫したもの。収録句からあれこれ選び、一冊ごとに自筆の句を添えて世に出している。出版部数三百だから、このときは三百回の揮毫。

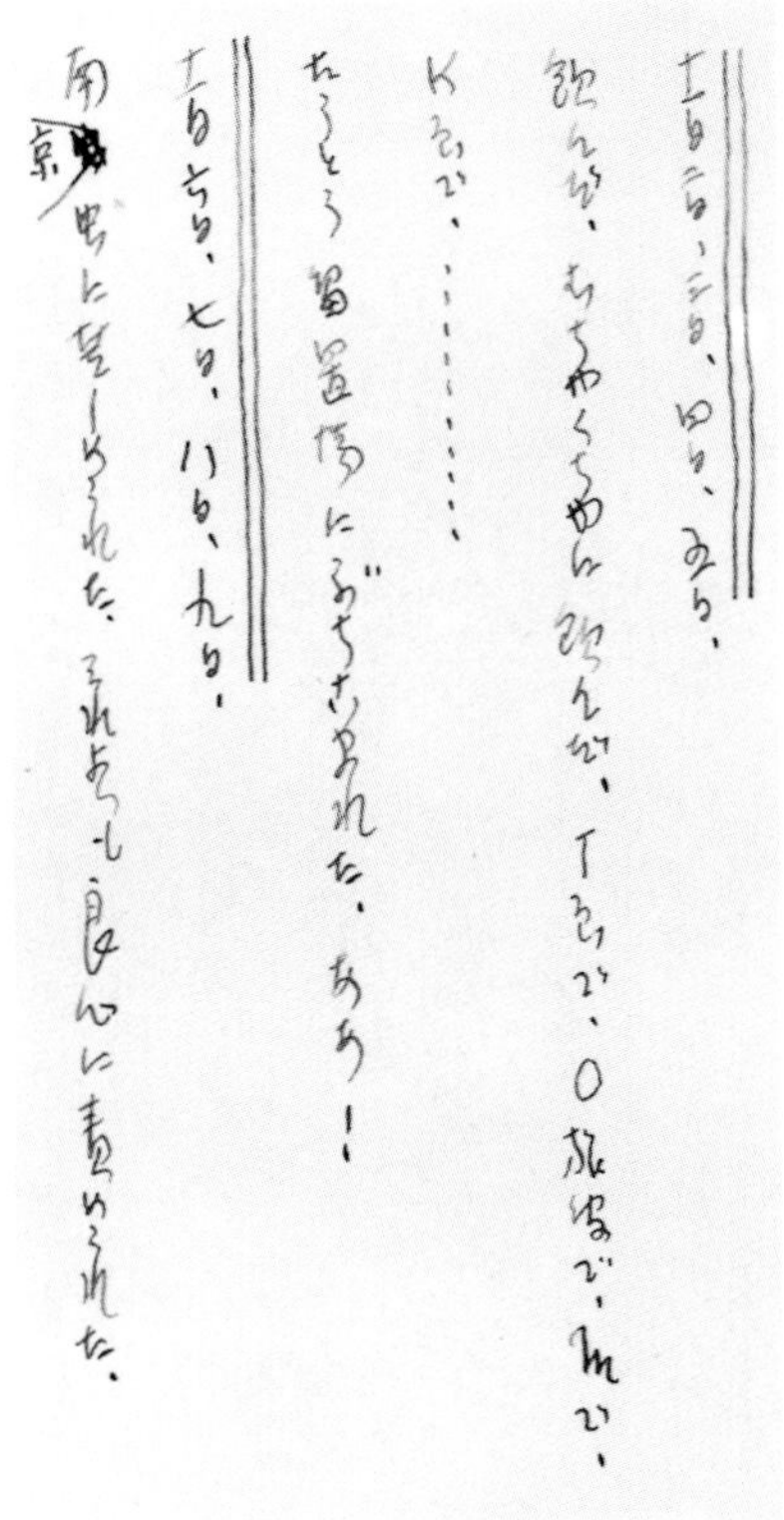

十一月二日、三日、四日、五日、
飲んだ、むちやくちやに飲んだ、T屋で、O旅館で、Mで、
K屋で、……
たうとう留置場にぶちこまれた、ああ！
十一月六日、七日、八日、九日、
南京虫に苦しめられた、それよりも良心に責められた、
（昭和12年11月2～9日付日記。泥酔無銭飲食で山口警察署に留置された顛末を記す。）

母よ
うどんそなへて
わたくしも
いたゞきます

山頭火

母の遺骨を入れていた旅行用行李（蓋裏に「人生即遍路」の揮毫あり）

落款を押したためずらしい書である。松山の一草庵時代の書で、揮毫した句としても唯一のものかもしれない。句集『草木塔』所収の決定稿は次のとおり。

母の四十七回忌

うどん供へて、母よ、わたくしもいただきまする

即座の思い入れが、〈母よ〉と倒置して太い文字になっている。涙なしには母は語れない、という山頭火の心情が反映された異色の書だ。

俳句は昭和十三年三月六日、其中庵での作。当時の様子は日記から引用しておこう。

「亡母四十七回忌、かなしい、さびしい供養、彼女は定めて、（月並の文句でいへば）草葉の蔭で、私のために泣いてゐるだらう！

今日は仏前に供へたうどんを頂戴したけれど、絶食四日で、さすがの私も少々ひよろ〳〵する、独坐にたへかね横臥して読書思索。

万葉集を味ひ、井月句集を読む、お、井月よ。」

このみちを
行くより外ない
草しげる

山頭火

〈みち〉というのは、通行する道から人倫の道まで幅が広い。山頭火においての道も多様で、旅する道から求道という精神面まで含み、さまざまな意味で使っている。掲出句の〈このみち〉も含蓄に富んだものだ。「三八九」という彼の個人誌、第六集（昭和八年二月発行）には「道」と題したエッセイを載せている。

「道は非凡を求めるところになくして、平凡を行ずることにある。（中略）所詮、句を磨くことは人を磨くことであり、人のかゞやきは句のかゞやきとなる。人を離れて道はなく、道を離れて人はない」

　山頭火にあって道というものの認識には確かなものがあった。それは信念ともいえるものなのだが、〈草しげる〉ために生きなずむことが多かったのも事実である。後年の決定稿は「このみちをたどるほかない草のふかくも」（昭和十三年）であった。

　色紙に三行書きの、なだらかで落ち着いた書である。揮毫は昭和十一年か。

山頭火も経巡ったか、北九州の山道

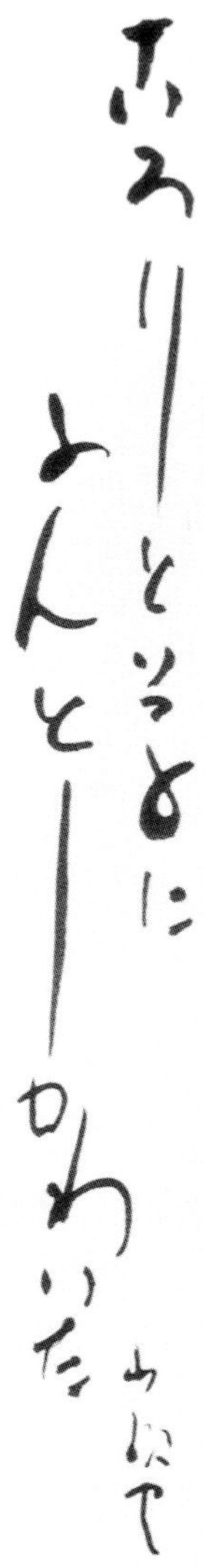

ごろりと草に
ふんどしかわいた

山頭火

山頭火がこよなく愛した温泉街の一つ、由布院温泉を見下ろす

山頭火らしい旅を髣髴とさせる一句だ。掲出の書では濁点を打っていないので、〈ころりと〉か〈ごろりと〉か明らかでない。前者なら軽々横たわるさまだが、後者なら重い感じだ。決定稿は「ごろりと草に、ふんどしかわいた」である。読点も打っているから、二句一章の句と分る。

褌《ふんどし》を句の素材にするのもめずらしいが、それを小川で洗い干しているのだ。乾くまでの間をごろりと草むらに横たわり、ひと休みするといった意。なんとも牧歌的な句であり天真爛漫である。

山頭火は多量の日記を万年筆で書いている。たいへん手慣れた文字で、筆で短冊に書くときもペン字の要領で通すことが多い。掲出の書もその一例であろう。

水のうまさを
蛙鳴く
山頭火

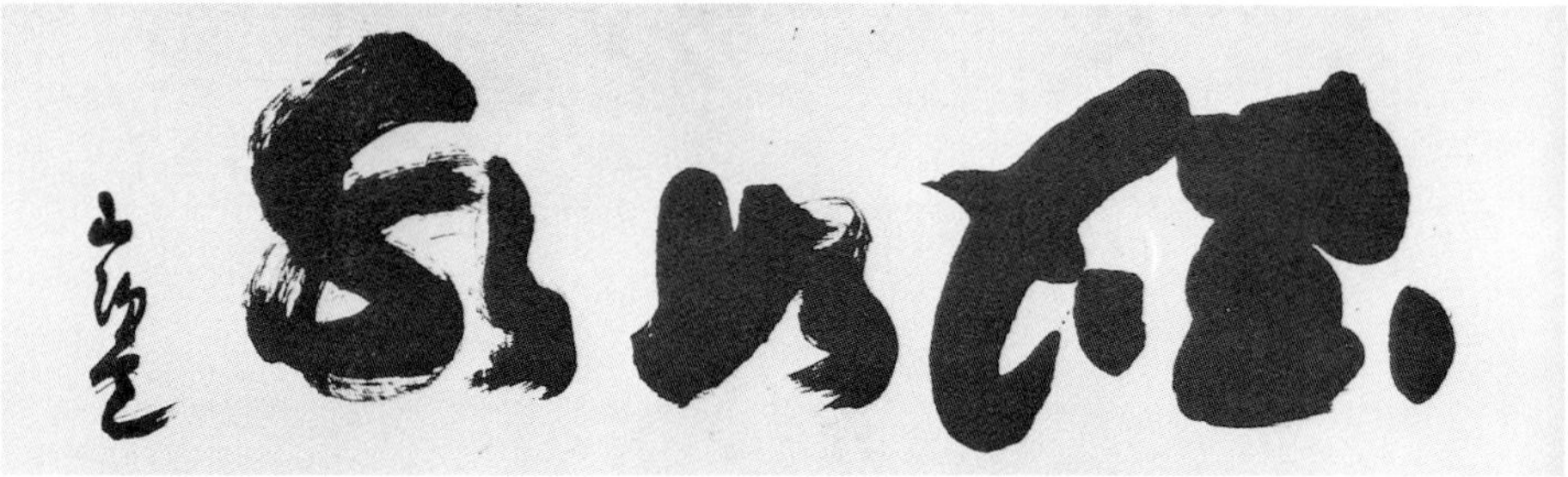

淡如水

蛙が鳴くのと、水のうまいのとは相関しない。〈水のうまさを〉で切れる、二句一章から成る俳句だ。おそらく昭和十三年七月十二日に作った句だろう。妹の嫁ぎ先である右田村（防府市右田佐野台ヶ原）に行き、町田家で一泊した翌日の早朝のこと。前夜は酒を飲み、酔うて熟睡して目覚めたのが朝の五時ちょっと過ぎ。起き出して水を飲み、田圃道を散歩した。二日酔いにはなにより水がうまい。早朝の田園はさわやかで、蛙の鳴き声も快い。

　飛んでいつぴき赤蛙　　山頭火

掲出の書も昭和十三年ごろか。二句一章仕立ての句の呼吸を生かした書きぶりである。

妹の家では愛国婦人会が主催する傷病将士慰安の書画展覧会に出品する半切と短冊を揮毫。日記には「一杯機嫌で、愛国婦人会から申込まれてゐた半切と短冊とを書きあげる（傷病将士慰問、書画即売、展覧会の一部として、私は喜んで書いて贈るのである）」と記す。

山すそあたゝかなこゝにうづめます

遺骨を迎へた人にかわりて　山

この年、其中庵のある小郡から湯田温泉に遊ぶこと多く、温泉街にある中原中也の生家を訪ねて。（昭和13年11月4日。後列左から中也夫人孝子、中也母フク、和田健、福富忠雄。すでに中也は前年没している。）

前に記した愛国婦人会による書画展覧会に出品した短冊。彩筆報国の要請だったらしいが、勇ましい戦火想望俳句でなく視線が遺族の方に向けられているのが当時としてはめずらしい。この短冊を揮毫した日の日記（昭和十三年七月十一日）には山口駅に二百数十柱の戦没者の遺骨を迎えたことを書き、また次のような記述もある。

「途山見聞の一、

日の丸をふりまはす子供に母が説き諭してゐる。――

今日はバンザイではありませんよ、おとなしくお迎へするんですよ。

血縁の重苦しさよ。」

書も酔余の一興というのではなく、どうも重苦しい。山頭火の几帳面な性格が現れている。

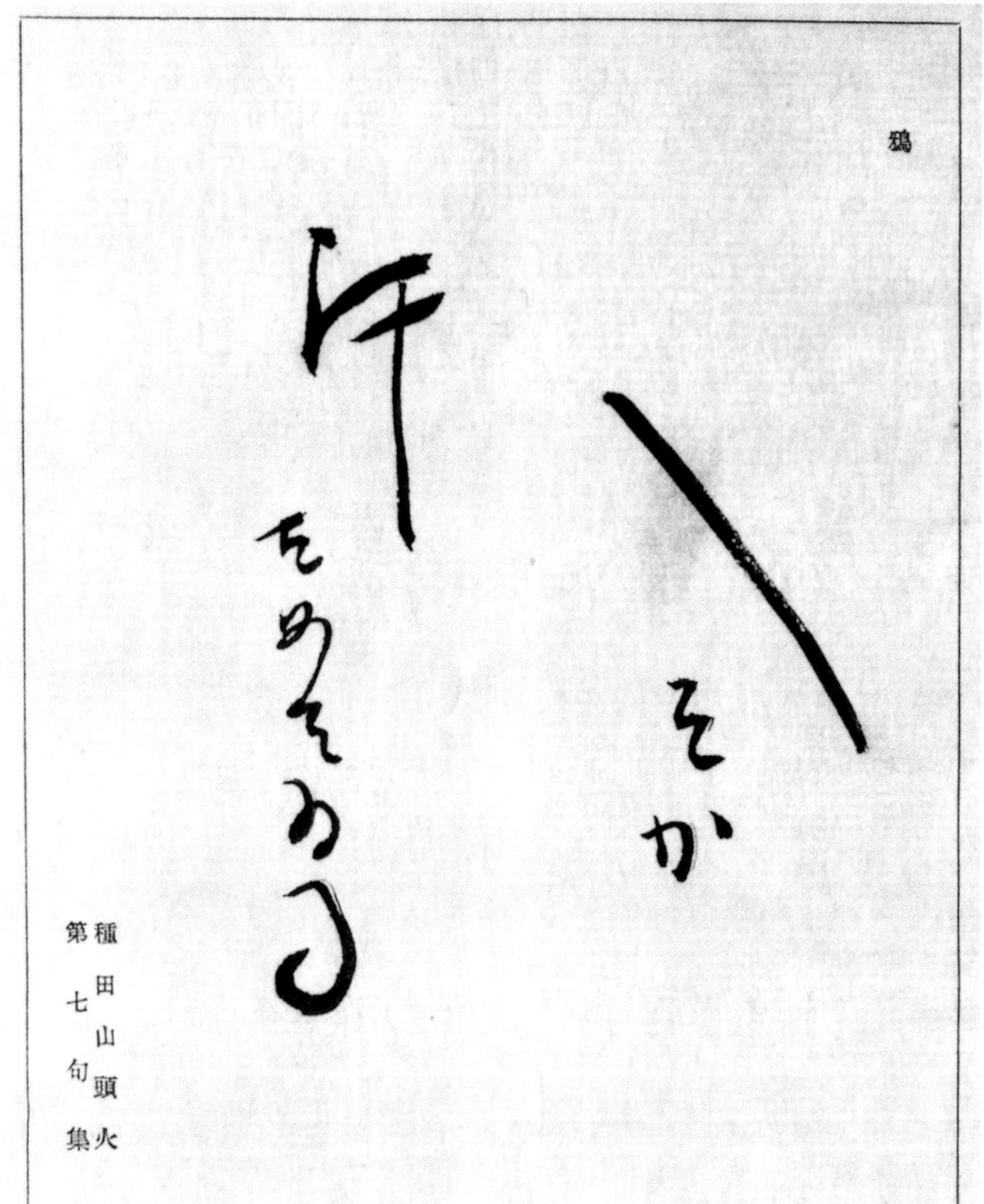

へそが
汗ためてゐる

湯田温泉街の中に建つ句碑「ちんぽこもおそそも湧いてあふれる湯」

へそが主体の滑稽句だ。昭和十三年八月二十七日、木村緑平宛のはがきに書き添えている。「お忙しいでせう。お察しいたします。出来るなら私のヒマをさしあげたいものですね」とおどけて、忙と閑とを対比して成った一句だろう。もちろん山頭火の方は閑で、裸になってゴロリと仰向けになって昼寝でもしている態。玉の汗をかくほどに暑く、へそが汗ためるとは豪快で野性的な寝姿である。

へそは身体の中心であり、その窪みへとたまってゆく汗には健康な元気溌剌たるイメージがある。これを十字音の特異な短律で表現。筆跡も冒頭の〈へ〉の字は扁平な斜線のごとく長く引き、また二行目の頭にくる〈汗〉の字にも熱い思いがこめられているかのようだ。

折本第七句集『鴉』の扉に書いたもの。昭和十五年七月二十五日発行で、揮毫したのは八月半ば以後と推定できる。最晩年の筆跡だ。

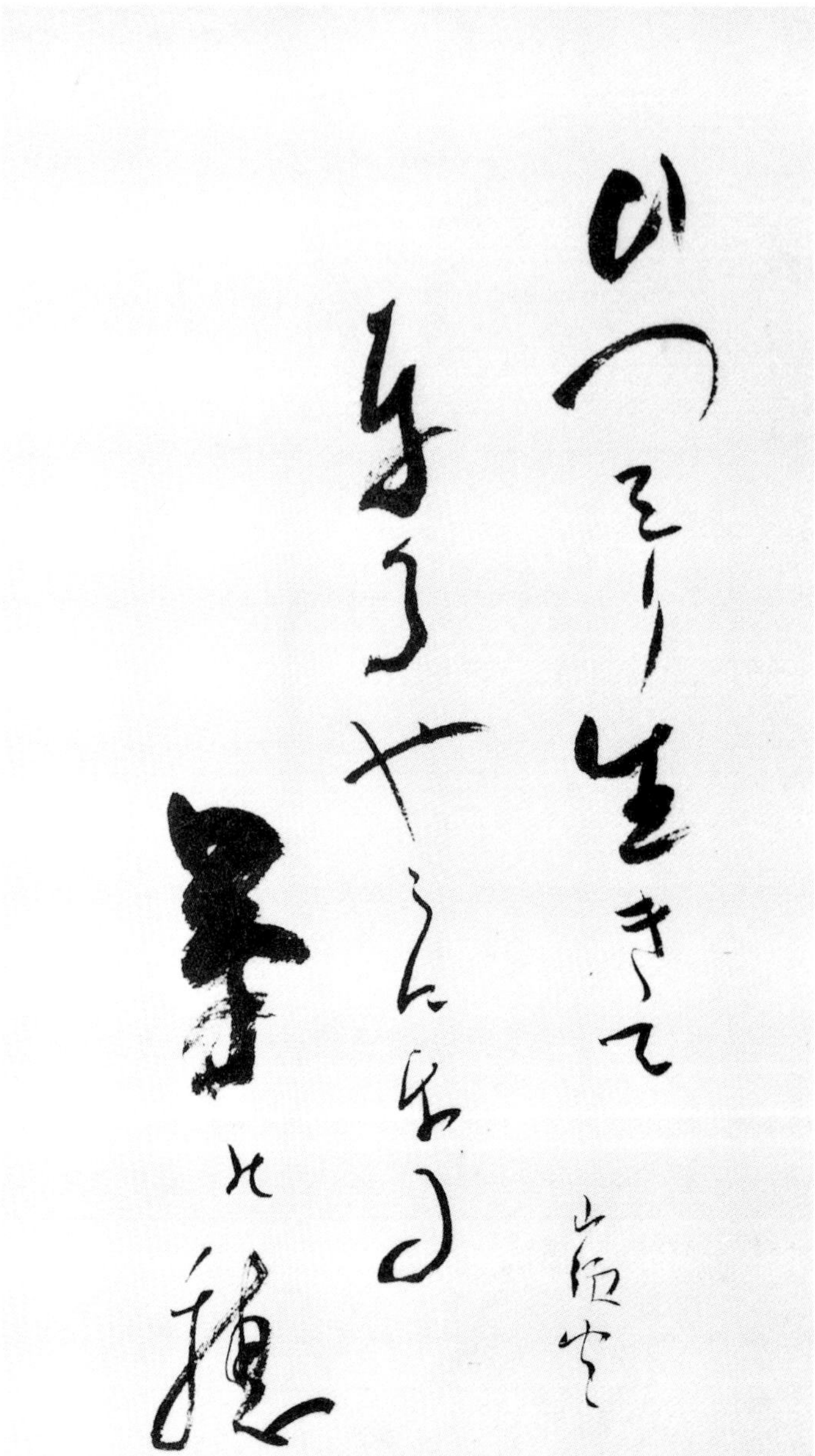

ひつそり生きて
なるやうになる
草の穂

山頭火

昭和13年11月下旬、ついに朽廃した其中庵を出て湯田温泉内の仮寓に移り住み、「風来居」と名づける（手前が四畳一間の独立家屋「風来居」、奥の屋根は龍泉寺）。

〈なるやうになる〉とは少々デカダンスな気分である。山頭火に「ひつそり暮せばみそさざい」「ひつそり咲いて散ります」などの句が先行。一代句集『草木塔』に、この二句は収めている。

掲出の書は即興句であろう。句集にはない。句の出来はいまいちだが、筆使いには伸びやかさがある。一杯飲んで、気分も〈なるやうになる〉と放下しての作か。昭和十三年、五十六歳の書だが、最晩年の傑作に近い出来映えだと思う。

山頭火は昭和十三年四月二十八日の日記に次のように書く。印象的なので引用しておこう。

「日本が——世界も——さうであるやうに、私自身も転換期に立つてゐる、生死に直面してゐる、最後のあがきだ、私は迷うてゐる、どうすればよいのか、どうしなければならないのか。……」

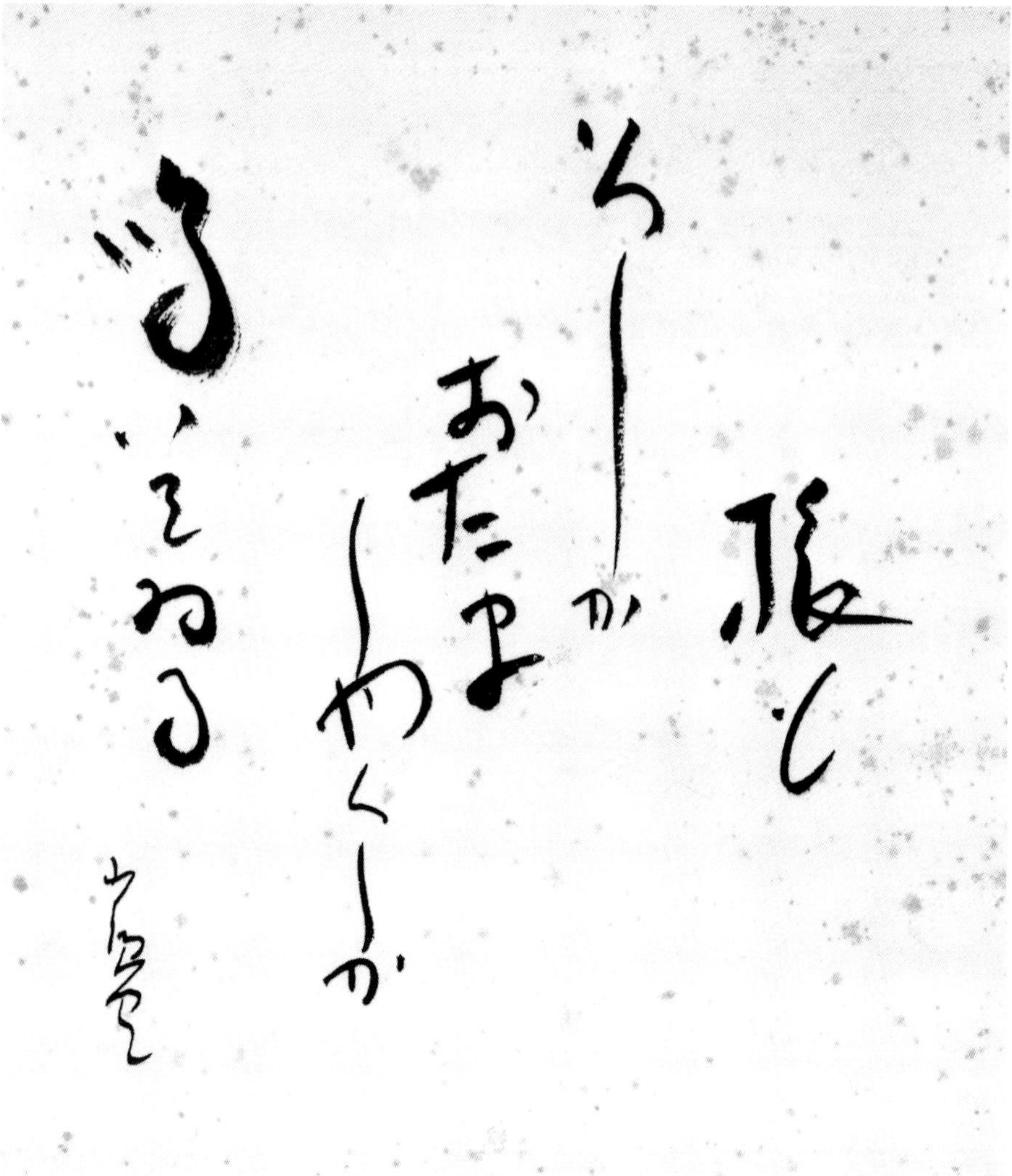

旅も
いつしか
おたまじやくしが
鳴いてゐる

山頭火

念願の墓参を果たした信州伊那の井月の墓

折本第七句集『鴉』、一代句集『草木塔』には「三月、東へ旅立つ」の前書をつけて収録した句である。そこでは「旅もいつしかおたまじやくしが泳いでゐる」とあるが、掲出の書は〈泳いでゐる〉が〈鳴いてゐる〉になっている。

昭和十四年三月末から五月半ばまで、近畿、東海地方を歩き、信州伊那で井月の墓に参り念願を果した旅であった。〈おたまじやくし〉は蛙の子である。蛙は春から夏へかけ、田圃などでやかましく鳴く。けれど、おたまじゃくしは鳴かない。

最晩年の昭和十五年、松山においての書で、句の内容を視覚から聴覚的なものに代え気楽に遊んで書いたものだ。けれんみの感じられない自在さがいい。

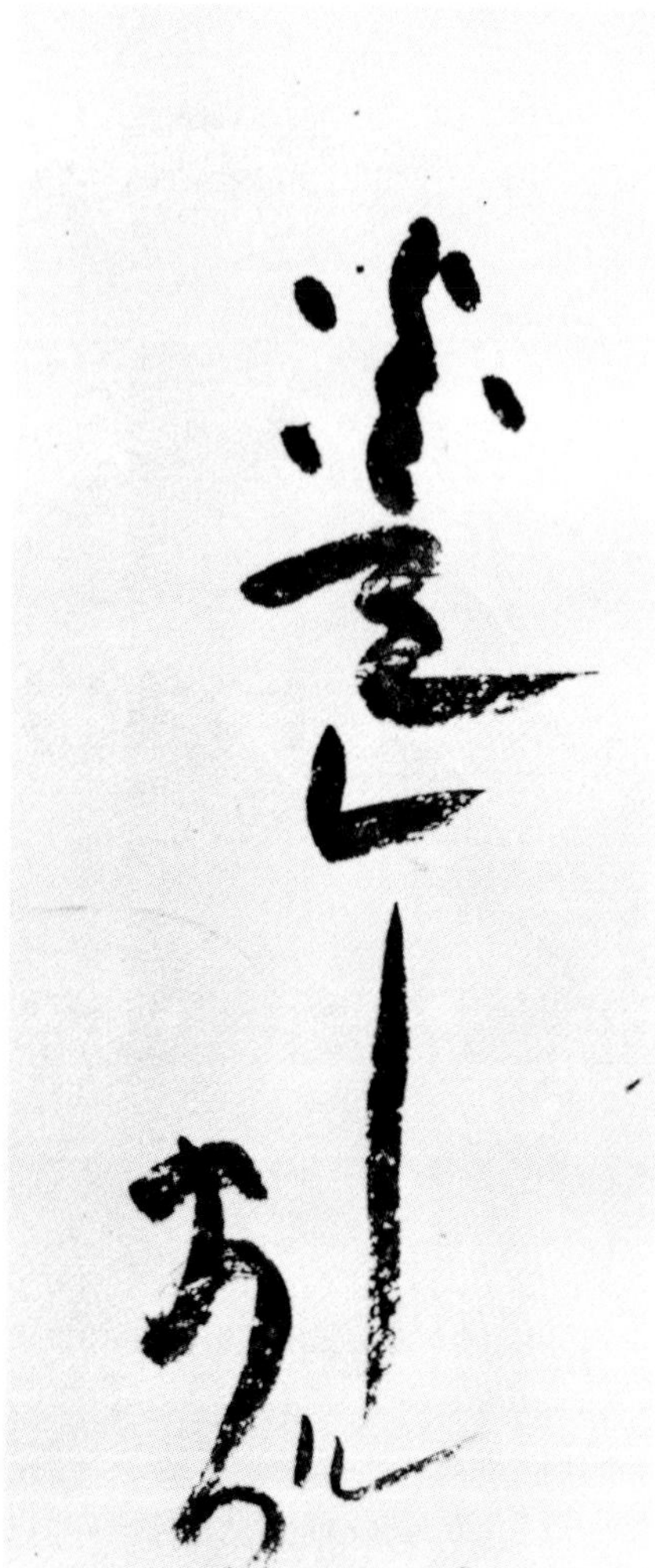

炎天レール
まつすぐ
山頭火

第二次世界大戦勃発を伝える新聞記事（東京朝日新聞、昭和14年９月４日付朝刊）。この句を詠んだ同じころ、世情は泥沼の戦況へと直進していた。

万物を威圧するかの強い響きのある語が炎天。身を賭して一所不住の旅を続けた放浪初期の句に、「炎天をいただいて乞ひ歩く」というのがある。行乞途上でひと休み出来る日影があればよいが、都合よくいかないことの方が多い。歩くのも修行の一つだから、いかに暑くても歩くのである。

道の傍らには鉄道のレールが走っている。これら交通機関を利用して快適に旅行するのが文明社会というもの。それは承知の上で、自らを時代錯誤者と任じ「然り而して、その馬鹿らしさを敢て行ふところに、悧巧でない私の存在理由があるのだ」と行乞日記に書いている。といって真っ直ぐな道は遙かで遠い。山頭火にはこんな句もある。

まつすぐな道でさみしい　　山頭火

なお掲出句の決定稿は「炎天のレールまつすぐ」だが、一直線を筆墨の味で出すために〈の〉の字の曲線を嫌ったか。野の書というべき勢いがある。

Ⅳ

――四国巡礼（昭和14年10月）～死去（昭和15年10月11日／57歳）

松山は近代俳句のメッカともいわれる町だ。正岡子規、河東碧梧桐《かわひがしへきごとう》、高浜虚子らを輩出した。また大正初期には自由律俳人たちも活躍し、荻原井泉水を迎えている。自由律俳句の次代を担うと目されていた野村朱鱗洞《のむらしゅりんどう》が二十六歳で夭逝した土地でもあった。山頭火は昭和十四年十月一日、大山澄太の紹介で海を渡って松山に上陸。高橋一洵や藤岡政一、村瀬汀火骨らを頼り、朱鱗洞墓参を果している。

すでに遍路として昭和三年には八十八ヵ所の霊場札所を巡拝していたが、再度巡拝を企てる。その間に一洵や政一らは、山頭火が隠棲するにふさわしい庵を捜し奔走。山頭火が小豆島の放哉墓参をすませ、徳島、高知を巡り松山へ帰り着くころに、ようやく草庵を設けることが出来た。山頭火は十二月十五日の入庵の日を喜び、日記には「一洵君に連れられて新居へ移つて来た、御幸山麓《みきじさんろく》御幸寺《みゆきじ》境内の隠宅である。高台で閑静で、家屋も土地も清らかである、山の景観も市街や山野の遠望も佳い」と記す。

庵は一草庵と名づけ、あるいはここでころり往生できることを望む。そのためには俳人として本当の俳句を作ることだ、と句作にも励んでいる。またこれまでの俳句を集成すべく、昭和十五年四月には東京の八雲書林より一代句集『草木塔』を出版。

句集の扉には「若うして死をいそぎたまへる／母上の霊前に／本書を供へまつる」と書き、事実母の位牌の前に句集『草木塔』を供えて、朝夕の読経を欠かさなかった。

母の第四十九回忌

たんぽぽちるやしきりにおもふ母の死のこと　山頭火

五月には句集『草木塔』を携えて北九州の句友たち、山口、広島の句友たちに献呈して最後の旅を終えている。その心境は長い前書つきの次の一句で窺うことが出来よう。

わが庵は御幸山裾にうづくまり、お宮とお寺とにいだかれてゐる。

老いてはとにかく物に倦みやすく、一人一草の簡素で事足る、所詮私の道は私の愚をつらぬくより外にはありえない。

おちついて死ねさうな草萠ゆる　山頭火

山頭火は十月十一日未明に死去。その前日までは出歩いており、夜は一草庵で句会を催している。庵主は高らかに鼾をかいていると句会の面々は思いこんで夜半に散会。山頭火はそのまま不帰の人となったわけだ。まさに自らが望んだころり往生であった。

昭和十四年（一九三九）　五十七歳

九月末、風来居を捨て、四国松山に旅立つ。

十月一日、広島から松山へ渡り、かつての句友、野村朱鱗洞の墓参りをする。

同月六日、四国遍路に旅立つ。愛媛、香川、徳島、高知と札所の霊場を巡る。

十一月、中途で巡拝をきりあげて、高知から松山へ直行する。

十二月十五日、望みどおりの草庵に恵まれ、松山市城北、御幸山麓御幸寺境内に庵住。「一草庵」と名づける。

（この年、国民徴用令公布。第二次世界大戦勃発。）

昭和十五年（一九四〇）

一月、山頭火を慕う俳句仲間で「柿の会」を結成し、一草庵で初句会。

四月二十八日、一代句集『草木塔』（八雲書林）を刊行。それを携え句友たちに献呈するため、中国地方、九州地方を歩く。

六月三日、最後の旅を終えて、松山の一草庵に帰着。

その後、句会「柿の会」を開いたり、子規の遺跡を訪ねて近郊を散策。

七月、折本第七句集『鴉』を刊行。

十月十日、脳溢血で倒れ一草庵に寝ていたが、同夜隣室では「柿の会」の句会が催されていた。

翌朝未明に死亡。享年五十七歳。診断は心臓麻痺であった。

「柿の会」同人たちが中心となって、葬儀が営まれる。

（この年、日独伊三国同盟締結。大政翼賛会発足。そして、翌年、太平洋戦争の開戦となる。）

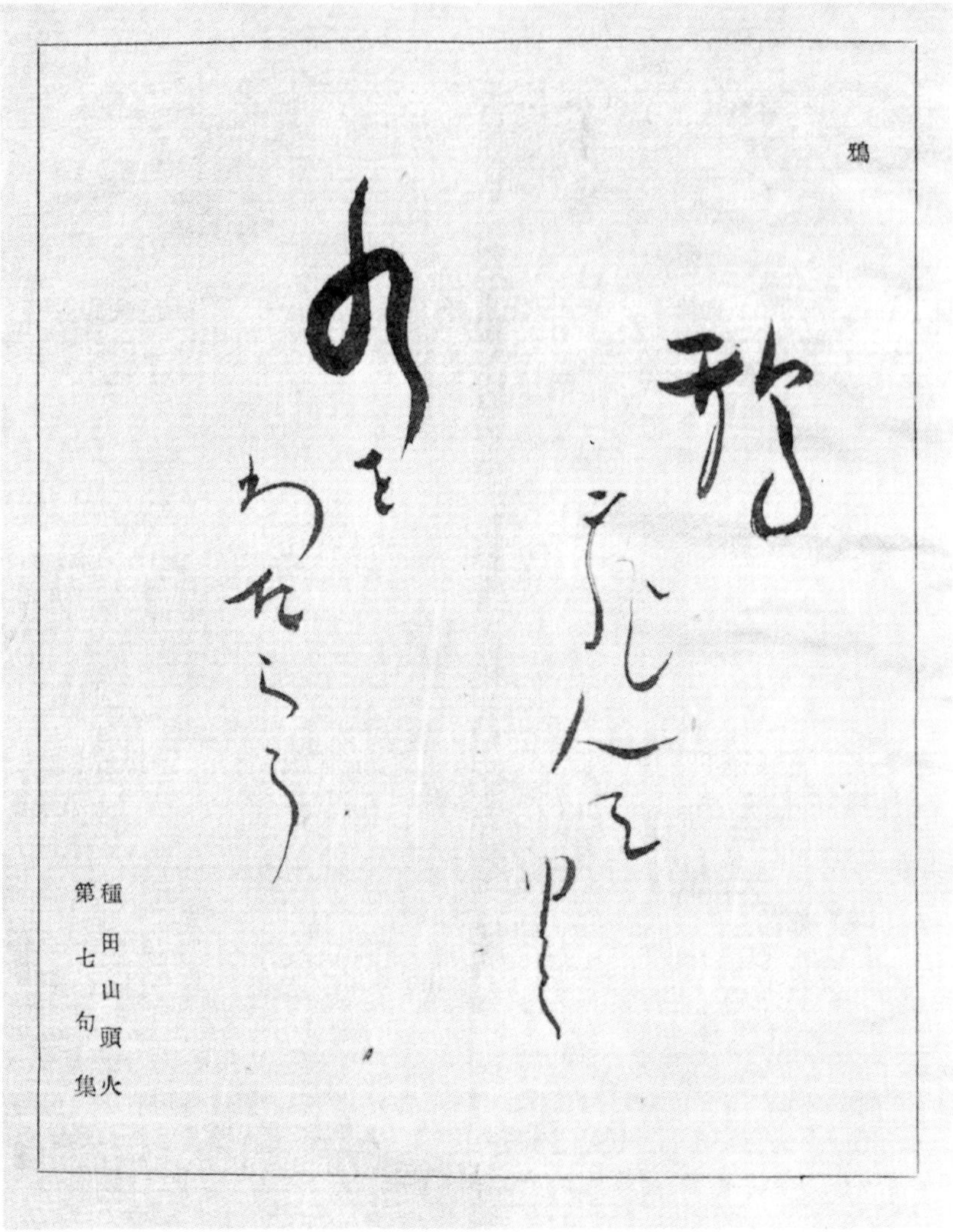

鴉飛んでゆく
水をわたらう

山頭火の松山来訪を報じる記事（海南新聞［現・愛媛新聞］、昭和14年10月5日付）

本書の巻頭には「放哉に和す」の前書をつけた「鴉ないてわたしも一人」の書を掲出した。鴉を眼前に見て鳴き声を聞いているのだろうが、同時に鴉には象徴的な意味もある。

山頭火は昭和十三年には約六年間住んだ其中庵を解消して、山口市湯田温泉に移り住んでいる。

そのときの句は、

十一月、湯田の風来居に移る

一羽来て啼かない鳥である　山頭火

この風来居は温泉街の片隅にあり、市井の生活を余儀なくされた。それに倦んでの旅においては、

啼いて鴉の、飛んで鴉の、おちつくところがない　山頭火

そして、いよいよ終焉の地となる四国の松山を目指しての旅立ちに詠んだのが次の一句、

九月、四国巡礼の旅へ

鴉とんでゆく水をわたらう　山頭火

鳥や鴉は山頭火自身に見立てたもので、象徴にもなっている。書にも飛躍があって、飛翔しているかの爽快さが味わえよう。

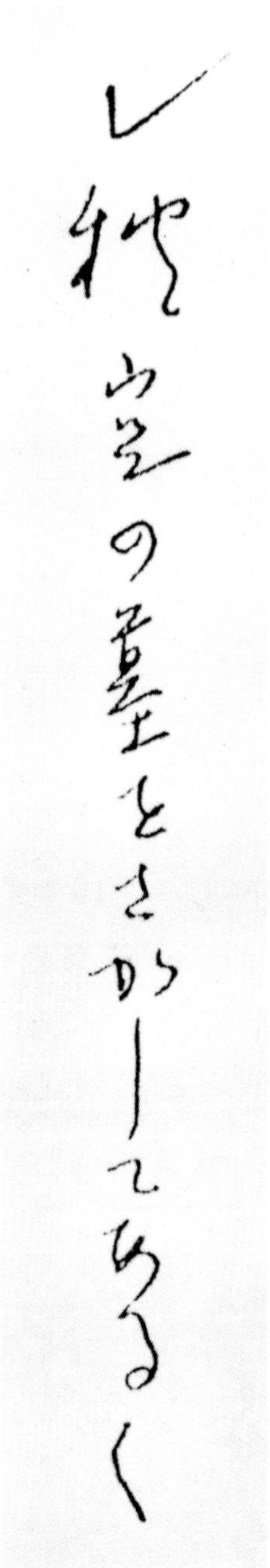

秋空の墓をさがしてあるく

小豆島にある尾崎放哉の墓

万年筆で書いた句日記からの抜萃である。昭和十四年十月二十二日に小豆島から九州の句友、木村緑平に出したハガキの一節には次のように書く。

「昨日高松より土ノ庄へ、西光寺で泊めていたゞきました、今朝は放哉坊の墓を展し、そして寒霞渓を観賞いたしました、明日高松へ引き返します」

放哉が西光寺奥の院、南郷庵で死去するのは大正十五年四月七日。山頭火は放哉没後に二度訪ねており、昭和三年七月の時の作は、

　　墓のしたしさの雨となつた

　お経をあげてお墓をめぐる

二度目の今回の作は掲出句のほか、

　ふたたびここに、雑草供へて

　墓に護摩水《ゴマズ》を、わたしもすすり

日記には思いつく句を書き連ね、多作多捨で残した一句。句の頭の✓の印は選句して良しとしたものである。

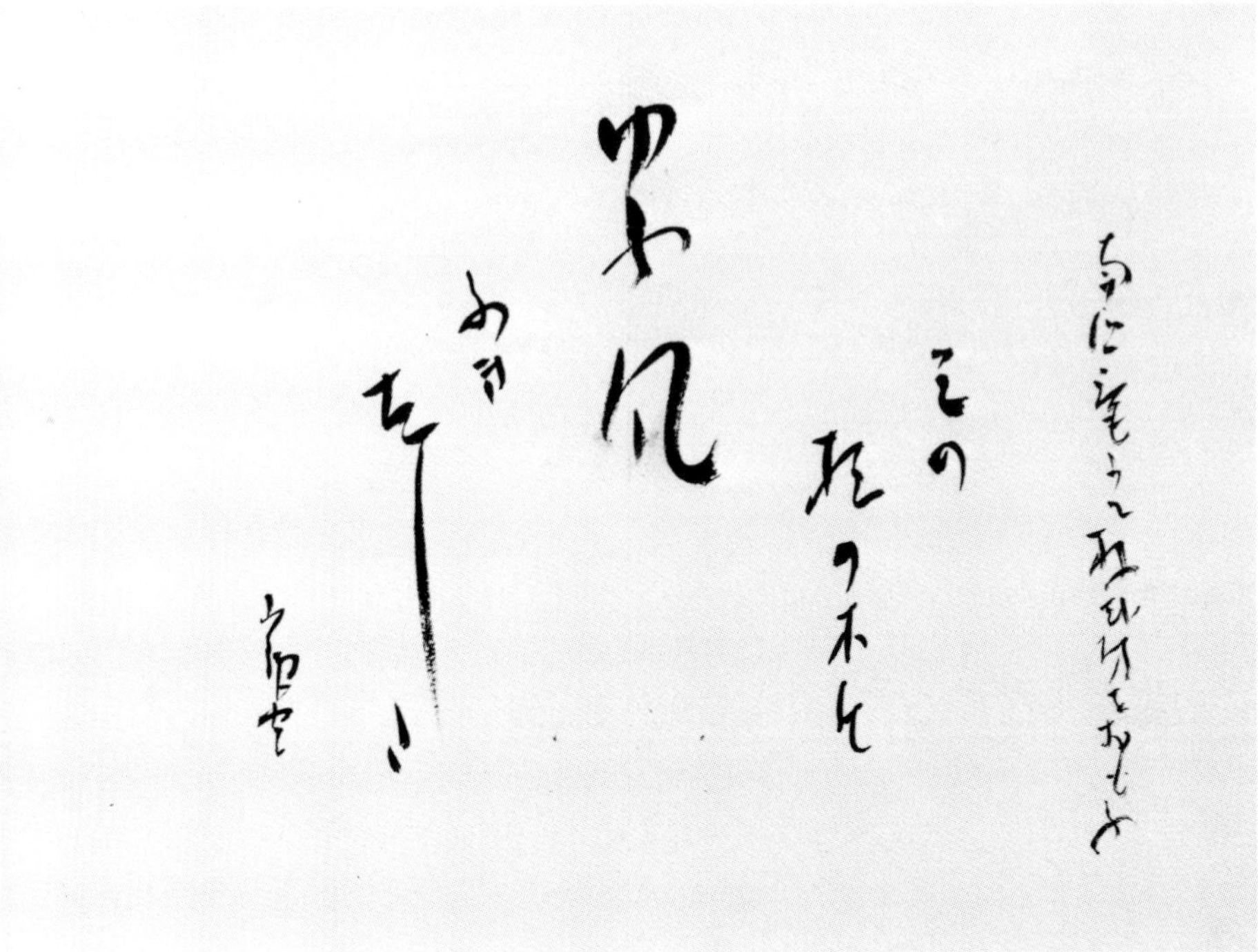

南郷庵にて放哉坊をおもふ
その松の木の
ゆふ風ふきだした
山頭火

放哉の没した南郷庵は取り壊されていたが、平成六年四月に復元され土庄町立尾崎放哉記念館になっている。放哉が入庵当時の庵については、「入庵雑記」と題したエッセイに詳しく書いている。一部を引用してみよう。

「庵は六畳の間にお大師様をまつりまして、次の八畳が、居間なり、応接間なり、食堂であり寝室であるのです。（中略）庭先きに、二タ抱へもあらうかと思はれる程の大松が一本、之が常に此の庵を保護してゐるかのやうに、日夜松籟潮音を絶やさぬのであります」

　山頭火が詠んだ〈その松の木〉とは、放哉の書いたエッセイを思い出しての作か。そしてお大師様をまつる六畳の間で、亡き放哉を偲び木魚を叩いて読経したのだろう。掲出句の外、もう一句作っている。

　庵主はお留守の木魚をたたく　　山頭火

　掲出の書は画帖に揮毫したもの。前書の小さな文字に対し、句の軽やかな筆致が響き合い、調和のとれた書的空間を現出している。

かつての南郷庵

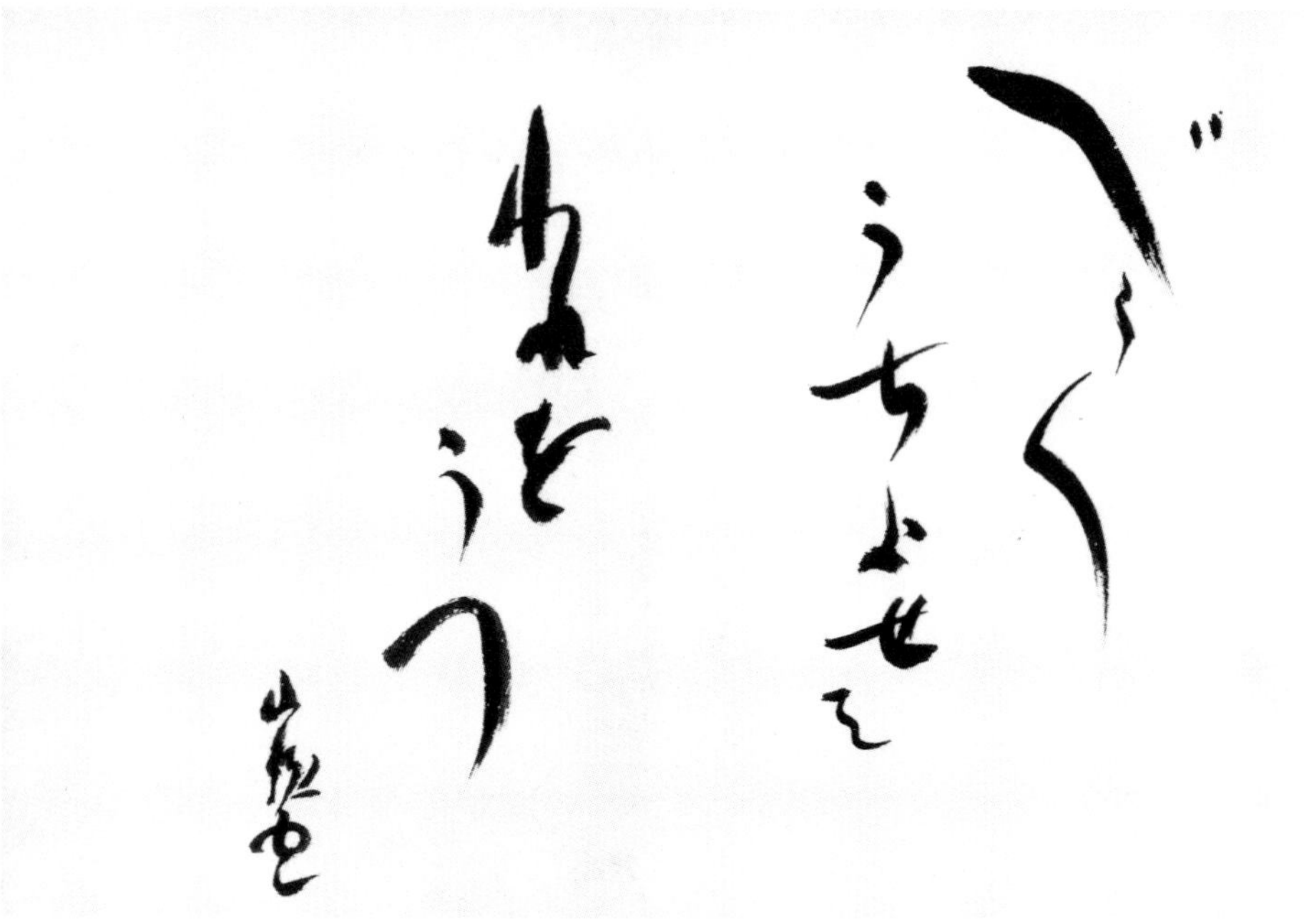

べうぐ
うちよせて
われをうつ
山頭火

画帖に書いた一句である。作ったのは昭和十四年十一月五日、高知県室戸において。四国遍路日記には「太平洋に面して」と前書をつけて、

　ぼうぼううちよせてわれをうつ　　山頭火

墨跡の方は〈ぼうぼう〉でなく、〈べう〲〉である。太平洋を眺めてその大波を象徴詞、オノマトペで表現しようとしたのだが、どちらがよいか。〈ぼうぼう〉は漢字を当てれば茫々、〈べうべう〉は縹緲《びょうびょう》の意である。ここで甲乙つけがたいが、遺墨は二句一章が歴然と分るように前句と後句にほどよい空間を取ってバランスよく揮毫。

　上段は万年筆で書いた原稿である。山頭火の書はペン字の延長のごとく書かれたもので、比較してみるとよく分る。書家の書でない素人くささにかえって味がある。

「遍路行」原稿

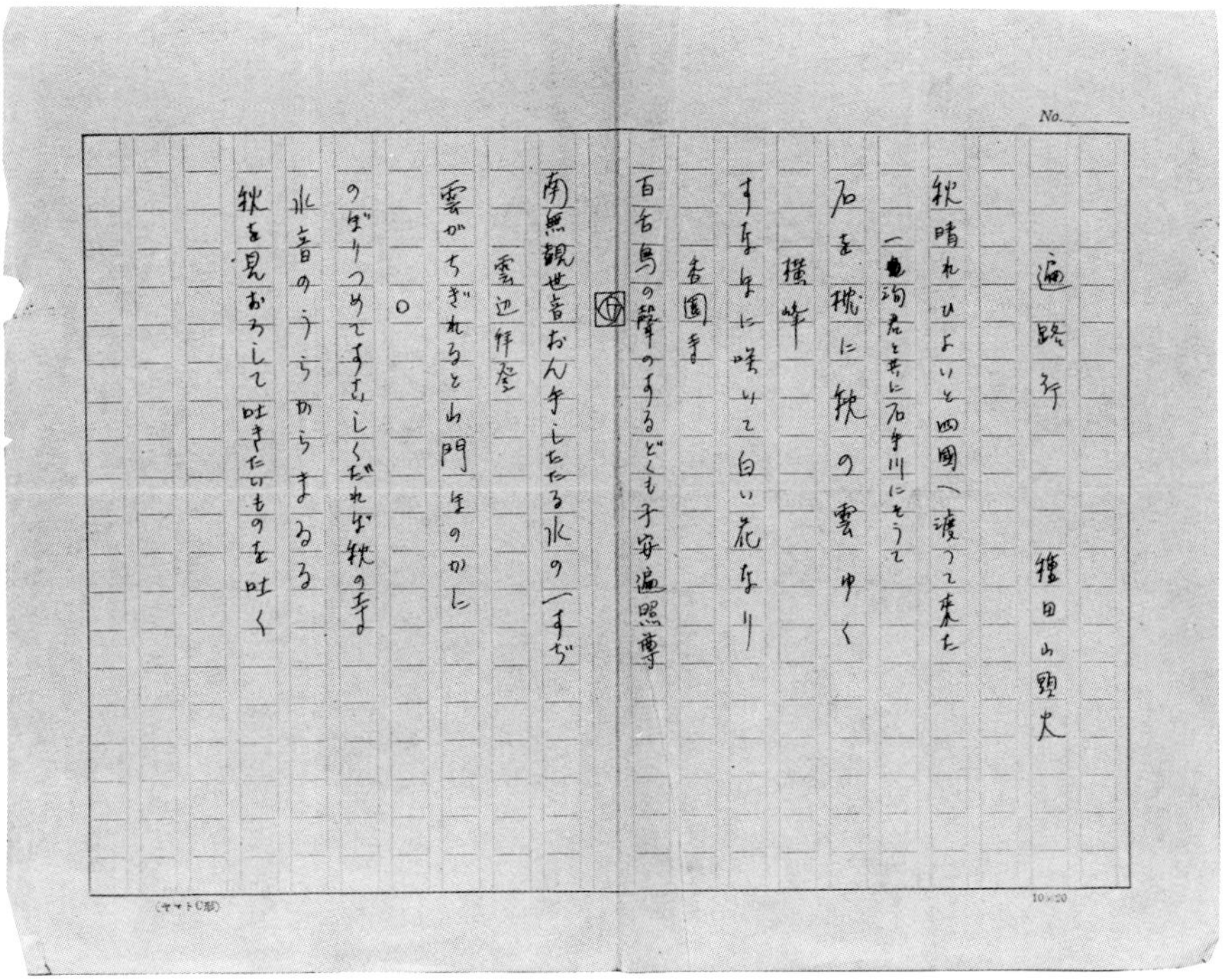

道が
なくなり
落葉
しようとして
ゐる

山頭火

最晩年の山頭火、松山市石手川上流の湧が淵にて（昭和15年）

人間が往き来するために、人工的につくられたのが道である。道がなくなれば、そこからは手付かずの自然となろう。

道のあるところまでが人為の領域、それ以外は天然自然。二つの世界を取り合わせて、二句一章の俳句としている。重心は天然自然の方にかかっていて、葉っぱが今にも落ちようとする寸前の状態を詠む。主体は葉っぱにあって、あたかも意志のあるごとくである。

仏教では一草一木にも仏性があるという。だから心を有しない草木でも、成仏できるわけだ。人間中心に考えてはいない。成仏も可能な木の葉が落ちようとするのを、真如と眺めやる山頭火がいる。

書は大胆で多少野放図さも見えるが、踏みとどまって色紙の中に収まっている。

身のまわりかたずけて
山なみの雪

山頭火

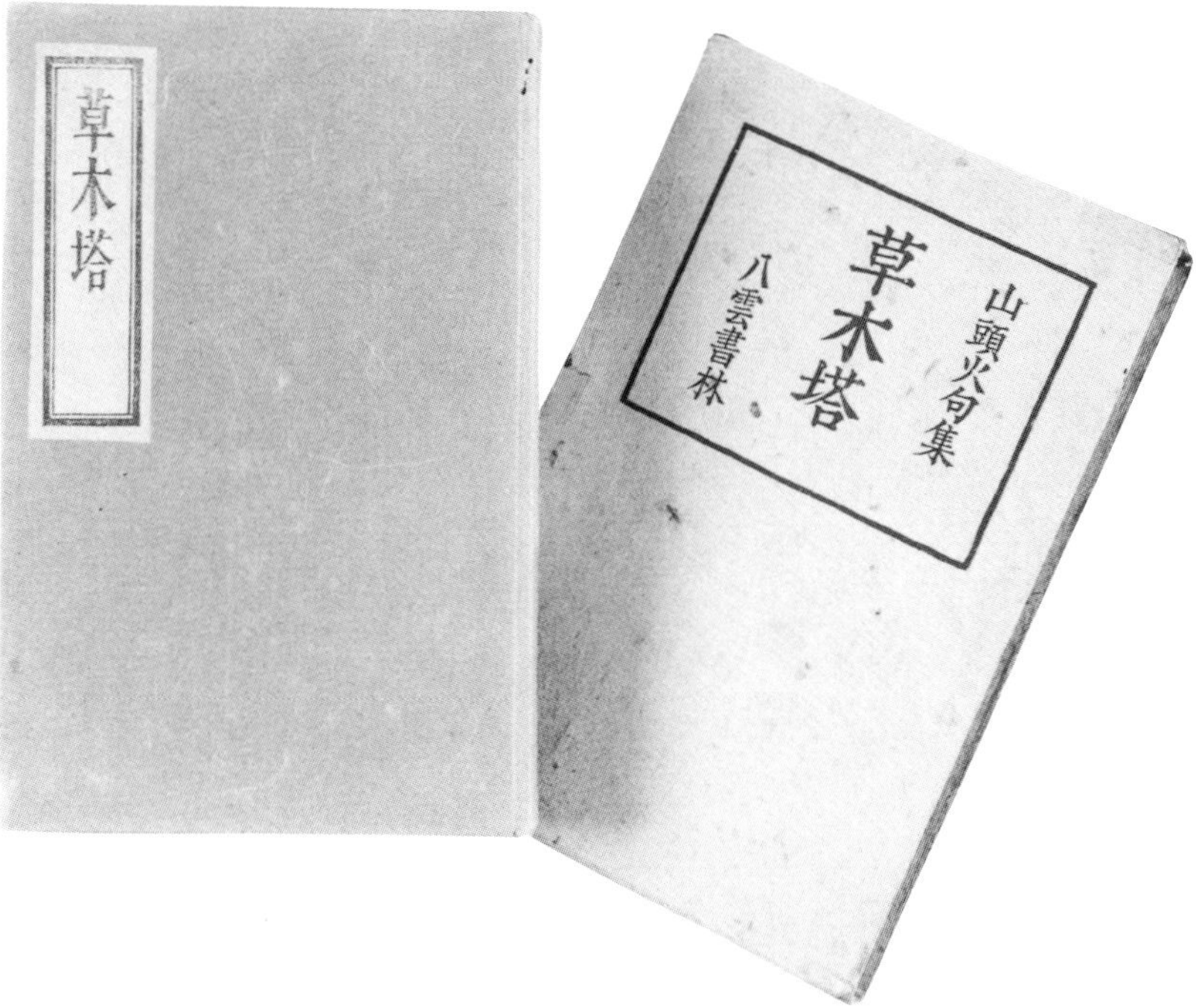

山頭火自編の一代句集『草木塔』（昭和15年4月28日、八雲書林刊）。これもまた、いわば俳人としての一世一代の身辺整理ともいえるか。

山頭火は日記に、よく身辺整理と書く。本来無一物を生き方にしていたから、余計なものは捨てようとした。その一端だったのだろうが、松山の一草庵に落ち着いて後に山口へ九州へと旅をしている。山口は生まれ故郷、九州は別れた妻子が住むところ。自分の死後に後腐れがないように、始末をつける旅だったようだ。

当時の日記が遺っていないので詳しいことは分らないが、昭和十五年一月七日に出発して、帰庵したのが一七、八日ごろ。句稿には「一転一歩」と前書をつけて、掲出のような句を作っている。〈山なみの雪〉はおそらく石鎚連峰の雪だろうが、気分一新で書風もちょっと変わっているように思う。

そのころの俳句を数句掲出してみよう。

春が来たわたしのくりやゆたかにも
ひとりで酔へば啼くは鶲よ
春がそこまで窓のさくら草

濁れる水の
ながれつゝ澄む

山頭火

山頭火終焉の地、一草庵

山頭火の境涯を象徴するかの俳句である。句も昭和十五年、最晩年の作で書も同じく最晩年のものだ。いわば人生の総決算ともいえる揮毫で、気迫の籠った筆鋒が感じられる。傑作中の一点であろう。

濁と澄の間をさまよっていることは早くから意識するところで、折本第四句集『雑草風景』(昭和十一年二月)のあとがきには「或る時は澄み或る時は濁る。――澄んだり濁つたりする私であるが、澄んでも濁つても、私にあつては一句一句の身心脱落であることに間違いない。」と記す。

また親友宛に出した手紙には「或る時は澄み、或る時は濁る」と書き、「私は長年此矛盾に苦しんで来ました」と吐露。最晩年になって、ようやく悟りの境に近づいていたのだろう。それはただ澄むことだけを望むのではなく、濁を見据えながら水の流れるごとく生きることだった。

書はまず第一行に力強く〈濁れる水の〉と書く。第二行目には慎ましく〈ながれつつ澄む〉と揮毫。遺墨によって、山頭火の句意も察せられ、その人となりも伝わってくる。

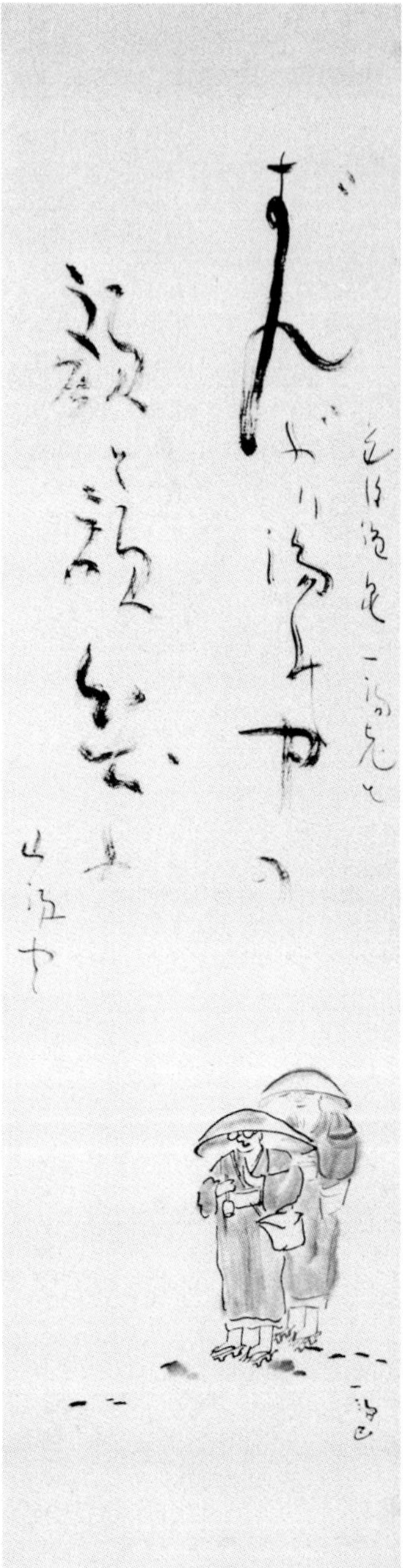

道後温泉　一洵兄と
ずんぶり湯の中の
顔と顔笑ふ
山頭火

昭和初期の道後温泉

山頭火の温泉好きはよく知られている。旅も温泉とおいしい水のある場所に限定したかに思えるほどで、各地の温泉をよく知っていた。終焉の地となる松山も市内に有名な道後温泉があった。

湯は夏目漱石の小説『坊っちゃん』にも出てくる共同浴場であろう。一洵兄とは松山商科大学教授の高橋始。山頭火の草庵から道後温泉に行くのも、一洵の家に行くのも同じくらいの距離だった。

山頭火は道後温泉にもよく行ったし、一洵の家には朝な夕なに出かけている。二人とも温泉が好きだったから連れ立って行くことも多かった。頭までずんぶりつかる癖も共通するもので、互いに笑い合った快活さが筆跡にも表れている。山頭火の道後温泉での句を、さらに数句挙げておこう。

あふれくる湯へ順番を待つ
朝湯こんこんあふるるまんなかのわたくし
一人のさみしさが温泉にひたりて秋の夜

ここにおちつき
草もゆる
山頭火

師荻原井泉水の筆による扁額「一草庵」(一草庵内)

まだ草庵が結べないで放浪していた昭和七年三月の作。この時点で改作としているから、初作はそれ以前である。いつも落ち着ける場所を捜し、彷徨したというのが山頭火の境涯であった。そして終焉となるのが松山市城北の一草庵。ここに住んでようやく安心を得たようで、長い前書つきの次のような句を作っている。

わが庵は御幸山裾にうづくまり、お宮とお寺とにいだかれてゐる。老いてはとかく物に倦みやすく、一人一草の簡素で事足る、所詮私の道は私の愚をつらぬくより外にはありえない。

おちついて死ねさうな草萌ゆる　山頭火

おそらくこの心境をもって、一草庵時代の後援者である高橋一洵と合作で、掲出のような書と画に遊んでいる。どちらも控えめで、風流の味を出しているのがいい。

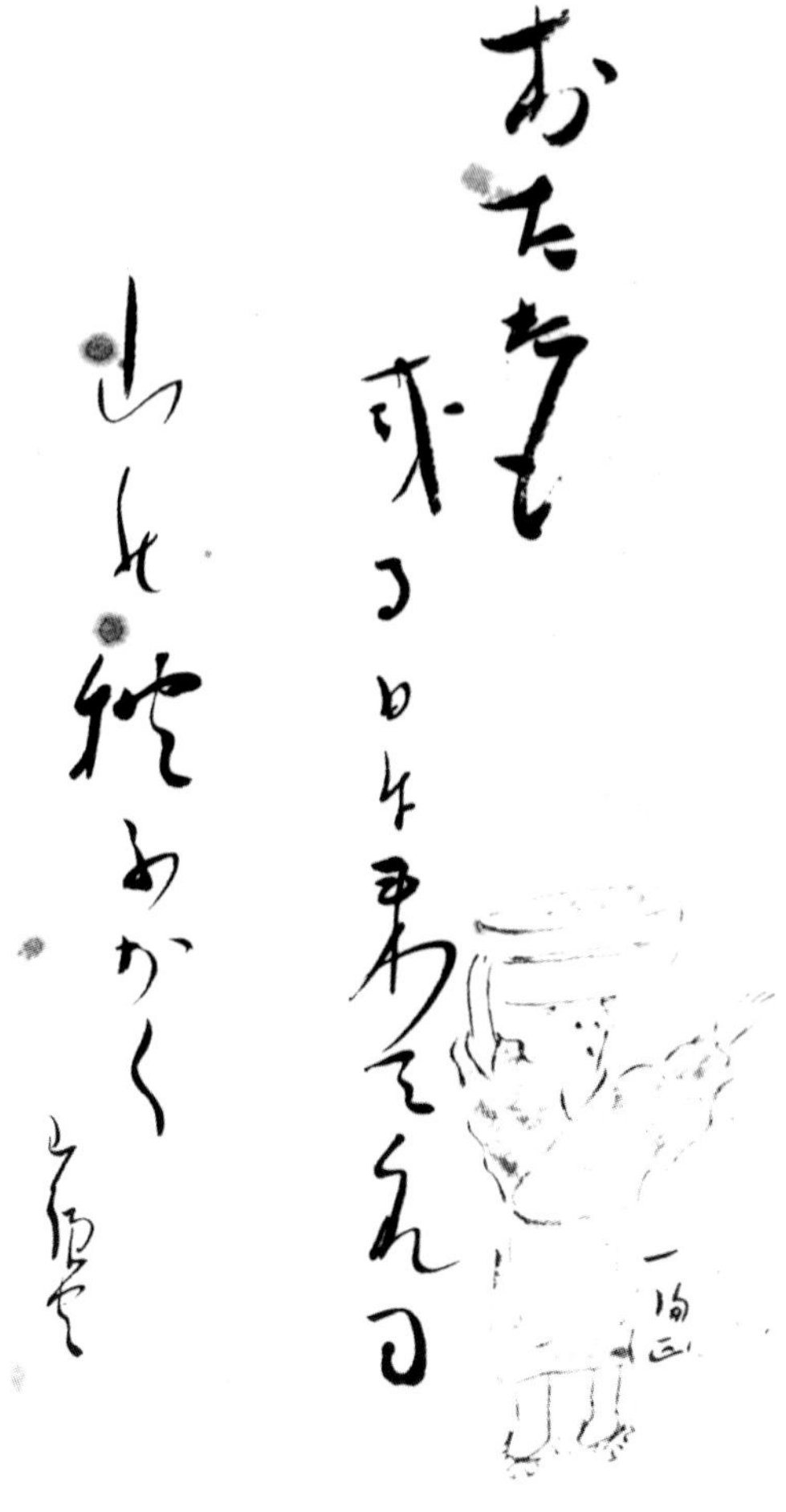

おたたも
或る日は来てくれる
山の秋ふかく

山頭火

一草庵で山頭火が愛用した酒器類

京都の大原には炭や薪などを頭にのせて売り歩く女性の行商人がいた。大原女とよばれ、京の風物詩として今日でもわずかながら残っている。松山市ではある時期まで、これに類した女行商人を「おたたさん」と呼んでいた。「おたたさま」は「おかあさま」と同じで御母様の意。これに由来するのかも知れないが、山頭火の住む一草庵にも魚などを売りにやって来た。

忘れられたような山裾の草庵である。寂しさを慰めてくれる句の素材となって、外にも「おたた」の句を作っている。

山家は秋早いおたたが来た
おたたしぐれてすたすたいそぐ

一種のざれ書きで、遺す気はなかったものだろう。悪筆の乱筆などと彼自身も述懐しているが、山頭火の一面を示す書としては、おもしろい。

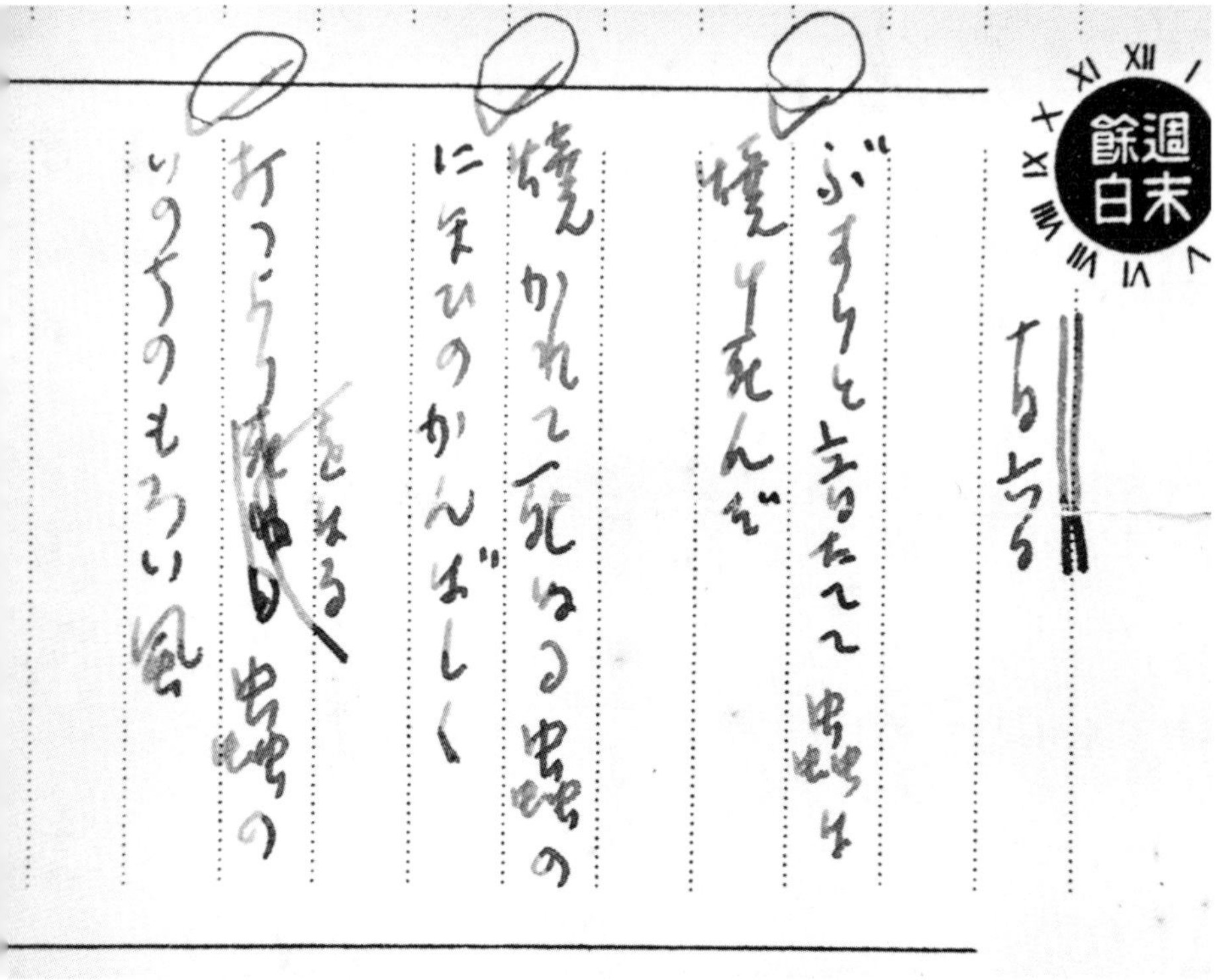

十月六日

ぶすりと音たてて虫は
焼け死んだ

焼かれて死ぬる虫の
にほひのかんばしく

打つよりをはる虫の
いのちのもろい風

山頭火の墓（防府市護国寺境内）

山頭火のいわゆる絶筆三句である。虫は彼自身を象徴するもので、死期の近づいたのを予感しての作ともいえようか。句帖への記述は昭和十五年十月六日。亡くなるのは十月十一日未明である。

彼は「述懐」という随筆で「私の念願は二つ。ただ二つある。ほんたうの自分の句を作りあげることがその一つ。そして他の一つはころり往生である。病んでも長く苦しまないで、あれこれと厄介をかけないで、めでたい死を遂げたいのである。」と書く。

死はまさにころり往生といえるものであったが、俳句の方はどうであったか。「層雲」に発表の最後の俳句は、

もりもり盛りあがる雲へあゆむ　山頭火

日記は十月八日までつけられていて、最後は「夜、一洵居へ行く、しんみり話してかへつた、更けて書かうとするに今日は殊に手がふるへる。」で終わっている。実をいうと十月五日ごろから錯乱していて、日記の日付を間違えたり、同じ記述を繰り返しているのだ。けれど万年筆で書かれた絶筆三句は山頭火らしい筆致で、丈高しの趣がある。

山頭火 行脚地図

……は昭和２年夏に足跡を残している。
- - -は昭和９年３月22日に小郡其中庵を出発し、同年４年29日に帰着するまで。
——は昭和10年12月６日に小郡其中庵を出発し、昭和11年７月22日に帰着するまで。

―・―は昭和14年３月31日に湯田風来居を出発し、同年５月16日に帰着するまでと、同年９月27日の再出発より広島を経て、四国へ渡るまで。

―・・―は昭和14年10月６日に松山を出発し、同年11月21日に帰着するまで。

なお、霊場八十八カ所の巡拝は昭和２・３年に果たしている。

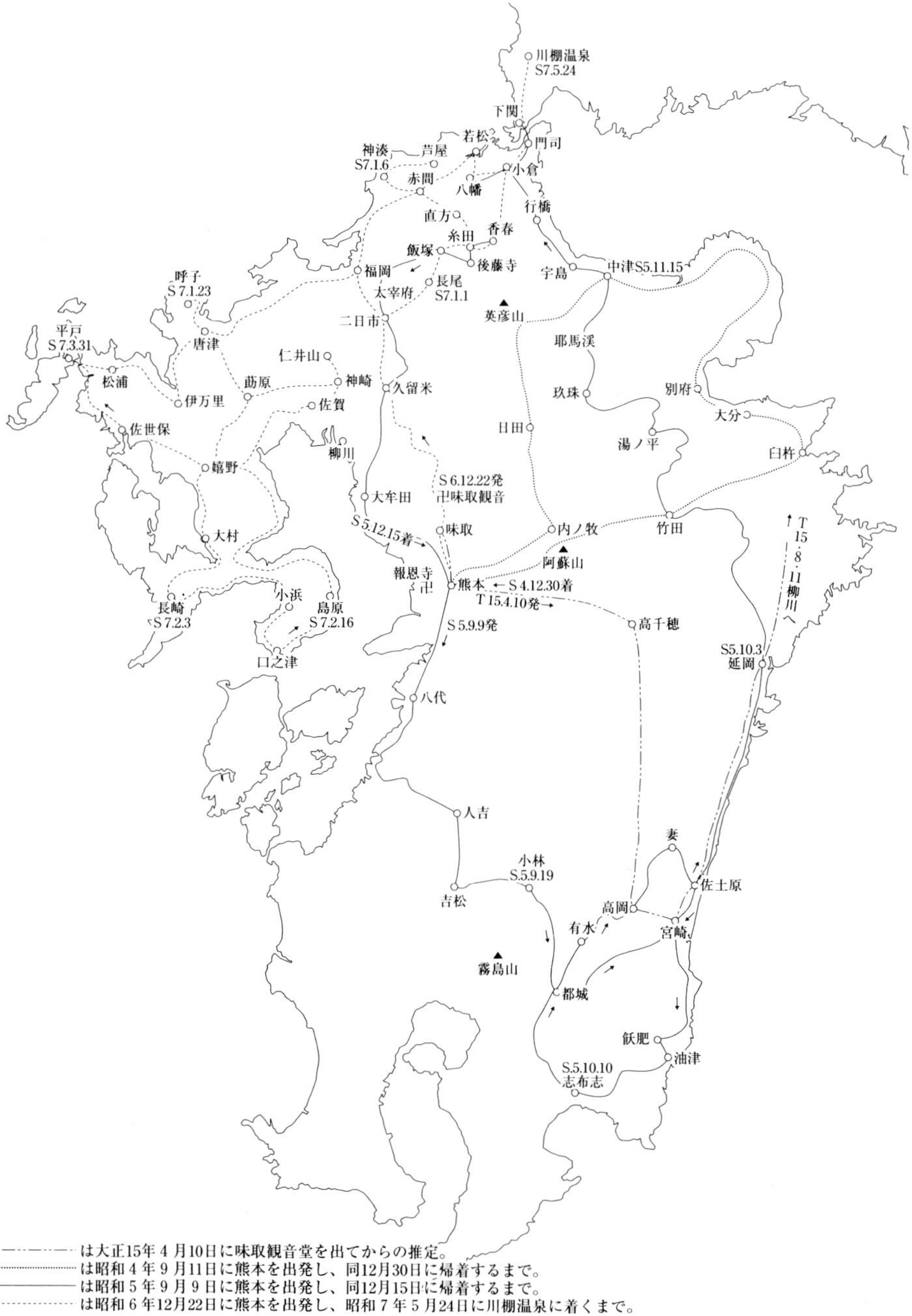

—・—・— は大正15年４月10日に味取観音堂を出てからの推定。
………… は昭和４年９月11日に熊本を出発し、同12月30日に帰着するまで。
———— は昭和５年９月９日に熊本を出発し、同12月15日に帰着するまで。
- - - - - は昭和６年12月22日に熊本を出発し、昭和７年５月24日に川棚温泉に着くまで。

あとがき

村上　護

山頭火の境涯は捨てて捨てて、どこまで捨てられるかを試すかの生き方であった。時に命までも捨てようとしたが、どうしても捨てきれないで最後まで残ったのが俳句でなかったか。彼みずからも念願は二つ、一つはほんとうの自分の句を作りあげること、もう一つはころり往生だと書いている。これは正直な気持ちだったに違いない。

ところで、ほんとうの自分の句とはどんなものだったか。彼が拠ったのは自由律俳句で、いわゆる有季定型の伝統的なものではなかった。そのため実生活まで犠牲にし自由律俳句のために殉じたほどで、生きることそのものが俳句的精神に通底するものであった。俳句に命懸けで打ち込んだ極北の俳人といえるだろう。

山頭火は折本第三句集『山行水行』（昭和十年二月）のあとがきに、次のように書く。「うたふものの第一義はうたふことそのことでなければならない。私は詩として私自身を表現しなければならない。それこそ私のつとめであり同時に私のねがひである」と。

あるいはこれが山頭火の達成を願ったほんとうの俳句だったかもしれない。ここで注目すべきは〈うたふこと〉と〈詩として〉の俳句という二点である。

俳句では普通〈うたふ〉などと言わない。俳句を作る、俳句を詠む、が一般的である。わざわざ〈うたふ〉と表現したからには、それなりに意味があるのだろう。言い換えればリズムともいえようか。彼はリズムについて、昭和十二年十二月三日の日記の中で次のように書いている。

「素材を表現するのは言葉であるが、その言葉を生かすのはリズムである（詩に於ては、リズムは必然のものである）。

或る詩人の或る時の或る場所に於ける情調（にほひ、いろあひ、ひゞき）を伝へるのはリズム、――その詩のリズム、彼のリズムのみが能くするところである。

日本の詩に於けるリズムについて考ふべし。」

山頭火の念願するほんとうの俳句の、大体の外貌はこれで分る。すなわち詩的でリズムをもった日本的な詩、これが自由律俳句であった。そして彼自身は新しいリズム意識から、新しい表現様式の俳句を生み出そうとしていたように思う。

すでに少々は触れてきたが、俳句における「切れ」は重要である。山頭火にも二句一章仕立ての句は多く、また十七字音より極端に短かい短律句にも「切れ」を含んでいる。雑誌や句集などとして活字に組まれた俳句は一行で、どこで切れるかリズムがどうも見分けにくい。これを一目瞭然、視覚に訴えてリズム豊かに見せるのが墨跡の効果であろう。山頭火の揮毫する俳句には、それが意識的に配慮された空間構成がなされている。

もっとも最初から美的空間を考えた書ではなく、みずからがいう悪筆の達筆で押し通した時期も長い。果して山頭火はどれほどの書を遺したか。たとえば昭和七年四月十七日の「行乞記」では、次のように書いている。

「約束通り酒壺洞房を訪れる、アルコールなしで、短冊六十枚ばかり、半切十数枚書いた（後援会の仕事の一つである）、悪筆の達筆には主客共に驚いたことだつた」

酒壺洞は「層雲」所属の俳人三宅酒壺洞のこと。折本第一句集『鉢の子』（昭和七年六月）の出版でも尽力し、また山頭火が住む草庵造立のための後援会事務局も引き受けていた。そのため支援の資金稼ぎに山頭火は筆をふるったのだろうが、一日に短冊六十枚、半切十数枚とは多い。また昭和七年八月十四日の日記には次のように書く。

「朝から墨をすつて大筆をふりまはす、何といふまづい字だらう、まづいのはいゝ、何といふいやしい字だらう。うれしいこゝろがしづむ、晴れて曇る！」

揮毫によって、それでなにほどかの金品を得ることに忸《じく》怩《じ》たるものがあった。けれど書を代償に支援してもらわなければ、生活の成り立たない場合が多かった。「半切四枚書きなぐる、いつものやうに悪筆の乱筆、仕方がないといへばそれまでだけれど、あまりよい気持ではない、そしてそれを急いで送るべく――早く物に代へて貰《(マヽ)》ひために、ポストまで出かける」（昭和十二年十二月十九日）と、揮毫のことが日記の中に散見できる。それらの記述を拾い出しても多量の書を遺しているのが推測できる。

山頭火の遺墨は悪筆の乱筆から、悪筆の達筆へと軌跡を辿っている。それは書のための書ではなく、あくまで自身の俳句を生かすための書であった。そこらあたりは個々の作品で味わってもらいたいが、俳書一如の世界が見える傑作もあったと高く評価する専門家もいる。それよりなにより山頭火には、彼独自の世界があって、これは誰もが真似の出来るところではない希有な存在ではなかったか。

本書の出版にあたっては、企画から編集の全般にわたり二玄社美術部の結城靖博氏に大変お世話になった。改めてお礼を申し上げる。

索　引

あ

う

え

お

か

く

け

こ

し

す

そ

た

❖ 資料提供 ❖

本書の各ページに収録した図版の資料提供元は下記の通りです。
ご協力頂いた関係各位に深謝致します。

※ 思文閣出版（1993年同社刊行『精選　山頭火遺墨集』から転載）

p.18 p.20 p.22 p.24(子規博蔵) p.26 p.30 p.32 p.34 p.36 p.40左 p.42 p.46 p.48 p.50 p.52 p.53 p.54 p.60 p.62 p.64 p.70 p.78 p.80 p.84 p.88 p.90(子規博蔵) p.92 p.94 p.96 p.98 p.102 p.106 p.112 p.114 p.116 p.118 p.119 p.120 p.122 p.124 p.125 p.132 p.134 p.136 p.138 p.140 p.141 p.142 p.144 p.146 p.152 p.154 p.158 p.159 p.160 p.162 p.164 p.166(子規博蔵) p.176 p.180 p.182 p.184 p.186 p.188 p.190

※集巧社

p.19 p.27 p.28 p.31 p.40右 p.55 p.59 p.82 p.87 p.89 p.93 p.99 p.103 p.108 p.109 p.111 p.115 p.121 p.135 p.153 p.167 p.181 p.183 p.185 p.189 p.192 p.194 p.197

※愛媛新聞社

p.21 p.29 p.35 p.37 p.47 p.51 p.61 p.63 p.67 p.81 p.85 p.95 p.97 p.101 p.107 p.113 p.137 p.163 p.177 p.187 p.195 p.196

※松山市立子規記念博物館（同館所蔵品）

p.25 p.43 p.49 p.56 p.57 p.58 p.83 p.91 p.133 p.145 p.151 p.156

※吉岡功治（撮影者）

カバー(表裏とも) p.12-13 p.39 p.44-45 p.65 p.69 p.72-73 p.104-105 p.126-127 p.148-149 p.155 p.157 p.170-171 p.179 p.193 p.198-199

著者略歴

村上　護（むらかみ・まもる）

1941年、愛媛県大洲市生まれ。東京都在住。愛媛大学卒。
作家・評論家。
　二十代のころ山頭火句集『草木塔』を携え、アジアを放浪。これを機縁として長年にわたって種田山頭火を研究し、『放浪の俳人山頭火』ほか、山頭火に関する数十冊に及ぶ著書を世に出す。また、俳句劇「山頭火、風の中ゆく」で全国公演も行う。他に『放哉評伝』『安吾風来記』『中原中也の死と生涯』『近世畸人伝』など多くの異端、漂泊、無頼の人物に関する評伝、文芸書などがある。近刊書は四国4新聞社合同出版による『遍路の風景　空海のみち』（愛媛新聞社ほか）。

山頭火《さんとうか》、飄々《ひょうひょう》　——流転《るてん》の句《く》と書《しょ》の世界《せかい》——

2000年9月27日　初版発行
2010年4月20日　6刷発行

著　者　村上《むらかみ》　護《まもる》
発行者　黒須雪子
発行所　株式会社二玄社

東京都千代田区神田神保町2-2　〒101-8419
営業部=東京都文京区本駒込6-2-1　〒113-0021
電話 03(5395)0511　Fax 03(5395)0515
URL http://nigensha.co.jp

装　丁　田中真冬
組　版　株式会社大和写植
印　刷　日本写真印刷株式会社
製　本　株式会社積信堂

ISBN978-4-544-02050-2　C0071